CIP - Kataložni zapis o publikaciji
Narodna in univerzitetna knjižnica, Ljubljana

730(497.4):929 Nemec N.

NEMEC, Negovan
    Negovan Nemec deset let pozneje : [retrospektiva : 1947-1987 :
Goriški muzej Nova Gorica 12. 9. 1997 - 16. 11. 1997] / [besedilo
Nace Šumi ; prevoda Amidas, Jožko Vetrih ; življenjepis,
dokumentacija in seznam Nelida Nemec ; fotografije Egon Kaše, Milan
Pajk, Bogo Rusjan]. - Nova Gorica : Goriški muzej, 1997

69262592

Po mnenju Ministrstva za kulturo št. 415-183/92 z dne 26. 2. 1992 spada publikacija med proizvode, za katere se plačuje 5% davek od prometa proizvodov.

# NEGOVAN NEMEC
# DESET LET POZNEJE

NEGOVAN NEMEC O SEBI

# KIPAR
# NEGOVAN NEMEC
## POEZIJA V KAMNU
## DESET LET POZNEJE

# K I P A R
# NEGOVAN NEMEC
## P O E Z I J A   V   K A M N U

Pomemben del Nemčevega opusa, ki ga je kipar sam zelo cenil, sem svojčas poimenoval beli kamni ali živi kamni. Naš kipar je glavnino svojega dela posvetil skulpturi v kamnu, najraje v carrarskem marmorju. Kamen je izjemno spoštoval in o svojem razmerju do tega plemenitega gradiva izrekel nekaj pomembnih misli, kakršne zaman iščemo pri drugih naših umetnikih. Naj zato navedem nekaj njegovih besedi.

"Na kamen moraš biti pripravljen. Tako kot športnik pred štartom. Ko prideš pred kamen, ga moraš čutiti. Skulptura mora imeti življenje. Če kipar ni pripravljen, potem ob kiparjenju ne uživa, ker je napor prevelik. To je umazano delo. Ko se streseš, se s tebe strese tudi oblak prahu. Z brusilko se ne da delati šest ur dnevno. Pri brušenju uporabljam tri prste; nemogoče je, da bi trije prsti vzdržali pet ur brušenja, zato delam hkrati štiri, pet skulptur, vendar različne faze. Nikdar nisem poskusil zabeležiti, koliko časa porabim za eno skulpturo. Zaključiti jo hočem do takega nivoja, da sem zadovoljen s seboj. Odnos do ustvarjalnosti mora biti pošten. Ustvarjalnost je resna, tudi eksperimentalna. Igra je pri maketah; ko rišem, rišem sproščeno. Pri kamnu ne. Tu moraš paziti, da ne porušiš notranjega ravnotežja. Ko kamen pripeljejo, ga sprejmem kot dobrodošlega gosta, ki mu je treba spoštljivo stopiti v pozdrav."

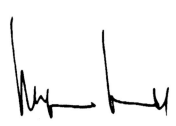

# K I P A R
# NEGOVAN NEMEC
## POEZIJA V KAMNU

"Kamen ima svoj značaj, treba je le ugotoviti, ali bova našla skupni jezik. Se bo pripravjen "pomeniti" z menoj, da bo nastal kip, ki sem ga že zdavnaj prej skiciral na papirju in oblikoval v mavcu? Samega kamna se ne bojim, bolj se bojim, da bi mu zadal neozdravljivo bolečino. Kajti z nepremišljenim posegom lahko kamen razvrednotiš. Majhen sem kot človek proti tako mogočnemu delu narave. Zato traja kar precej časa, da v kamen prvič zarežem. In ko zarežem, sva se že spopadla - kot dva močna nasprotnika. Kamen je trd, toda vda se, in prav s tem, ko se predaja, mi daje največ, ker ve, da v svojem delu uživam. Zdaj mi kamen poje, zdaj sem ga uglasil, zdaj bloku, ki sem ga izbral, vdihnem življenje."

"Kamen, ki me čaka, da ga obdelam, ki me nabije z impulzi skoraj neznane energije, ki vanj zarežem in odluščim z njega odvečne mase, to je pravzaprav kamen spoznanja. Govorim o obojestranski agresiji, ki jo kaže kamen do mene in jaz do njega. V resnici pa je to dialog, ki je toliko lepši, kolikor bolj se pripravim nanj."

"Spoprijel sem se z velikimi bloki. To je moj kamniti kraški očenaš. To je material, s katerim živim, ga poznam in doživim drugače. S kamnom živim in se razvijam. Kamen deluje name tako, da ga ne morem pustiti na pol dokončanega. Moram mu vdahniti življnje. Moj dialog s kamnom je pošten, pristen. Kamen pripravim, da mi prav nežno zapoje."

# K I P A R
# NEGOVAN NEMEC
## POEZIJA V KAMNU

Citirane besede so pravi credo kiparjevega nazora in dela. Vredne bi bile nadrobne analize, saj z njimi razlaga področje svojega dela, z njimi zadeva v bistvene plasti kiparskega ustvarjanja. Posebej pomembna je misel o dialogu, ki je očitno temelj za doseganje skladnega oblikovanja. Nič manj ni značilna ugotovitev o uglasbitvi kamna in nežni melodiji izbranega gradiva. Tako imenovani beli ali živi kamni so na ta način izvirno označeni.

Kaj podobnega Negovan Nemec ni ne izrekel ne zapisal o nobenem drugem uporabljenem gradivu, čeravno je vsaj glino in železo mojstril z ne manjšo spretnostjo in uživanjem. Pač pa je mojstrsko označil ustvarjalce in obrtnike svojega ožjega okoliša glede na gradivo, ki so ga pri svojem delu uporabljali. Iz vsega povedanega pa je popolnoma razvidno, da je bil kamen, zlasti marmor, zanj sanjski material, vreden njegovega in vsakega drugega kiparskega dela.

"Ustvarjati, to mi pomeni kipariti, oživljati oblike kot nosilke mojega notranjega intimnega videnja. Pomeni mi uresničevati vsebinsko in formalno vprašanje, ki me vznemirja, in sili, da ga izrazim. To je moja izpoved v belem kamnu, ki živi življenje, ko mu ga vdahnem. Vsebina se poraja spontano, podzavestno, često kot izziv vsemu, kar me obdaja, evocira in draži, kar me plemeniti in razveseljuje. Črpam iz življenja, iz določenega, zame najbolj aktivnega, enkratnega, neponovljivega trenutka. Trenutka polnega dramatike in kreativnosti, trenutka ko se bijejo in premagujejo vse tiste notranje in zunanje silnice, ki preoblikujejo, deformirajo in formirajo novo vizualno rešitev. Brez fantazije ni prave kreativnosti. Fantazija oblikuje, prečiščuje in usmerja nek problem v ustvarjalni fazi. Predstavlja impulz vsakega umetniškega ustvarjanja."

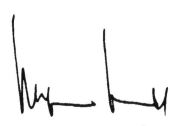

Kipar je tudi še podrobneje spregovoril o svoji kompoziciji.

"Razmišljaš, dopolnjuješ, vlečeš .... odpiraš, oblikuješ. Zakaj iščeš te variante?
Odvisno od kamna. Skulptura ne živi enako v vertikali ali v horizontali. Ta
dinamika me zanima. Za eno skulpturo imam ogromno drobnih skic.
Razmišljam kaj bi bilo, če bi se v vertikalni .... , zapletenosti pojavila ležeča,
zaprta, da objame to jedro."

Negovan Nemec je kajpak povedal še več o svojem delu in svojih pogledih na
ustvarjanje. Vendar je iz citiranega mogoče reči, da je njegov pogled na
ustvarjanje in na odnos do najljubšega gradiva popolnoma zaokrožen in izdaja
filozofijo zrelega umetnika.

**KIPAR**
**NEGOVAN NEMEC**
**POEZIJA V KAMNU**
**DESET LET POZNEJE**

# OBLIČJE

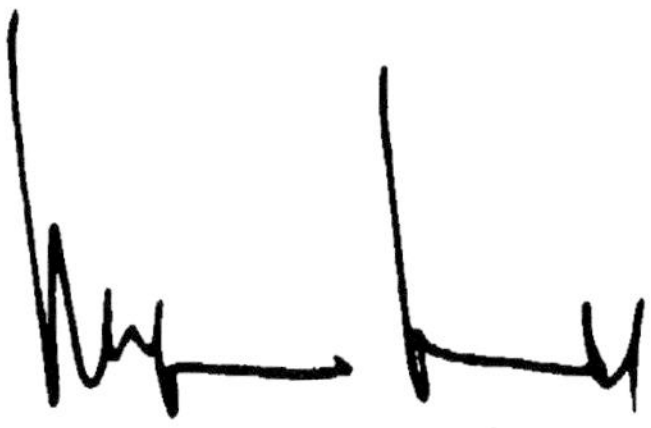

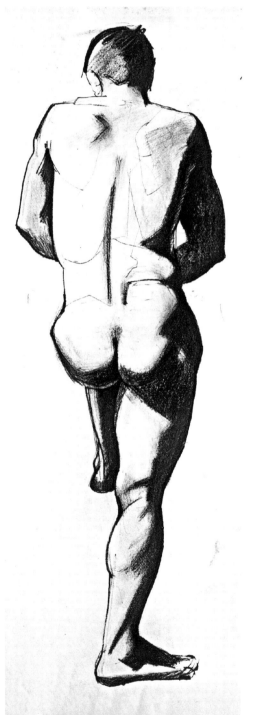

V ateljeju Negovana  Nemca je ohranjena večja skupina risb iz časa, ko se je šolal na ljubljanski Akademiji za likovno umetnost. Podobne kolekcije imajo gotovo tudi drugi nekdanji študentje. Vendar kaže opozoriti, da gre za izjemno kakovostne izdelke, ki spričujejo talent in znanje. Risba je natančna, občutljiva, v mnogih pogledih že tipično Nemčeva, kakor jo poznamo iz kasnejših let. Semkaj sodi najprej popolna gotovost linije, ki sama po sebi govori o samozavestnem avtorju in poznavalcu telesa. Naslednja lastnost, ki seveda ni zgolj zasluga kiparja, je izbor polnih teles, ki so risana ne le z znanjem, marveč tudi z ljubeznijo. Predvsem pa te risbe govorijo o smislu za organsko raščenost telesa, kar je bila odlika Nemčevega dela vseskozi  do konca.

Akademijo je Negovan Nemec končal kot zelo uspešen in opažen študent. Bil je med tistimi, ki so si med šolanjem pridobili s svojim delom tolikšen ugled, da so prejeli študentsko nagrado Prešernovega imena.

Negovan je za to priznanje izdelal vrsto lastnih portretov. Dva izmed njih sta postavljena v ateljeju v Biljah. Eden je bil objavljen na čelu knjige o njegovem delu leta 1991.

Gre za portret mladega moža, ki je zelo značilen za njegovo kiparstvo. Je popolnoma zrelo delo. Plastika, ki napoveduje in hkrati povzema bistvo njegovega formalnega sveta, plastika, ki oživlja duševno podobo mladega kiparja. Negovan sicer verno sledi svoji fizični podobi, vendar preko tega speljuje posamezne partije tako, da se na samo njemu lasten način zlivajo v skladen lik, poudarjen na izstopajočih ličnicah in na nekoliko trmasti bradi, medtem ko izbokline z mehkimi prelivi prehajajo v globinske predele; celoto pa krona do zadnjega zanj značilna bogata frizura kot razgibani del lika.

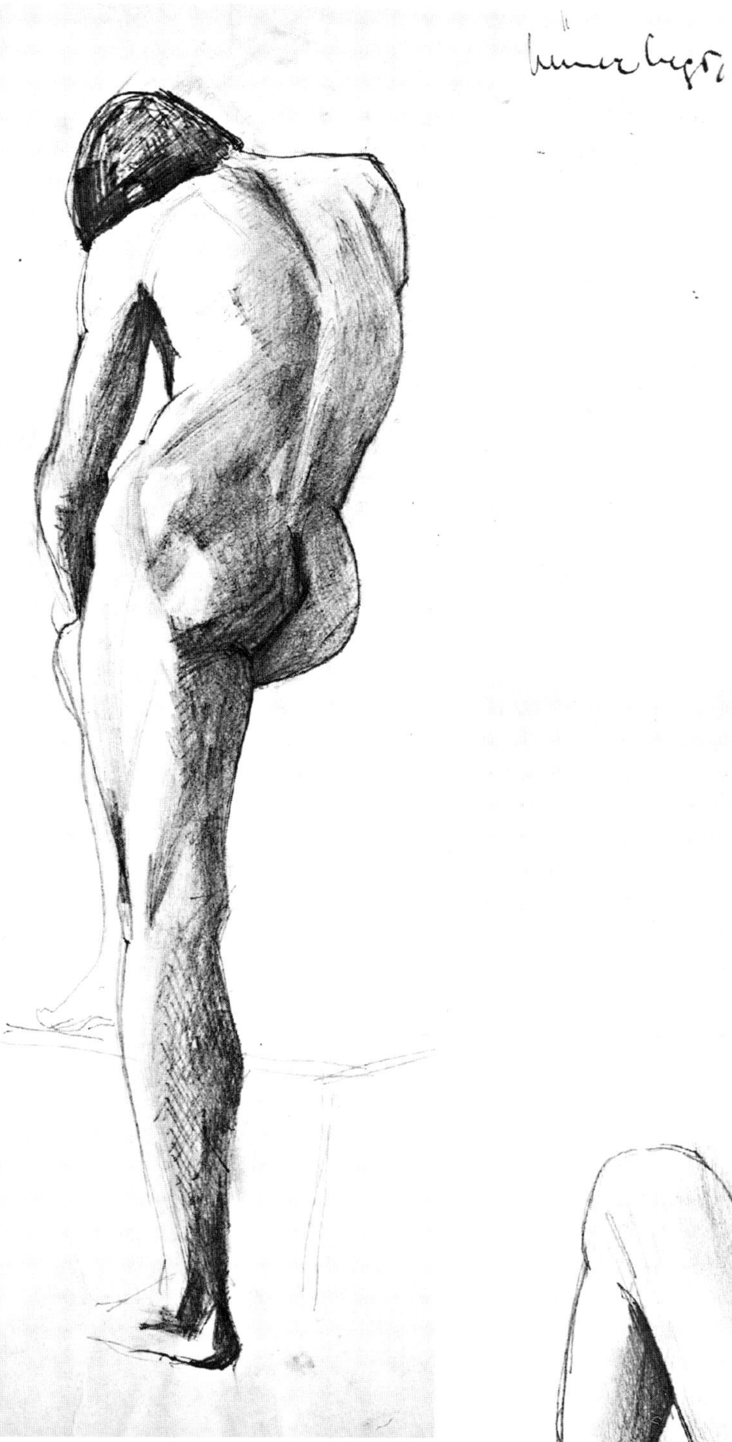

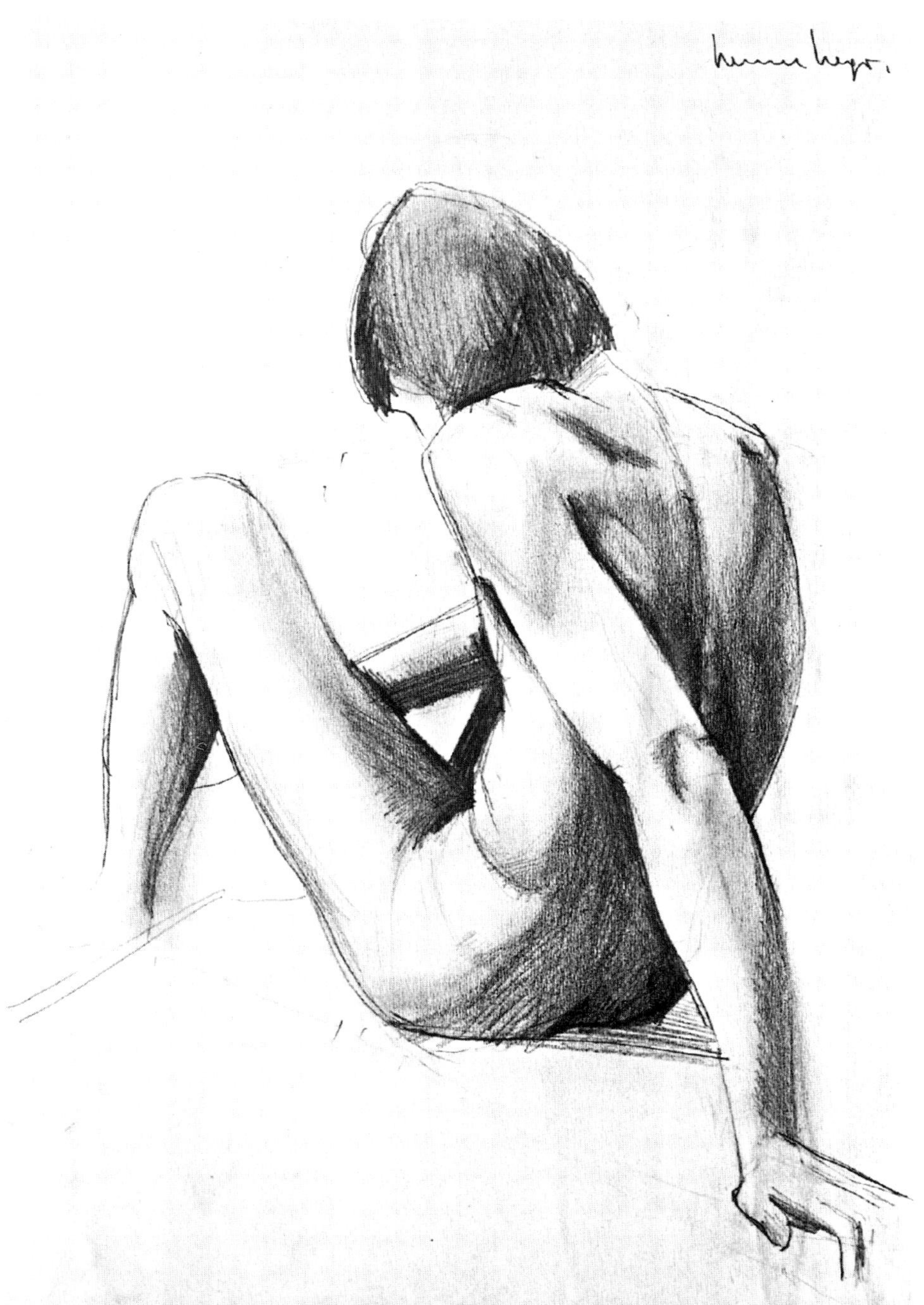

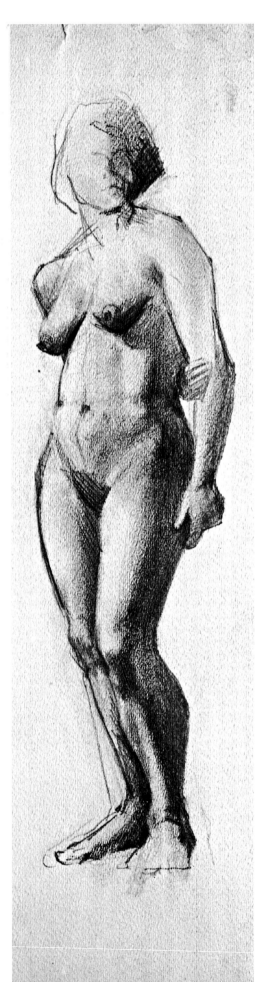

Izstopanje plastičnih nosilnih sestavin je sicer znano tudi že v starejšem Negovanovem delu, v monumentalnem prispevku h kamniti skupini na klancu v Štanjelu, kjer je mladi avtor organiziral kiparski simpozij.

Kamen je bil torej domala prvo gradivo, s katerim se je Negovan še kot študent uspešno spoprijel. Zaradi tega je odstavek z njegovimi lastnimi izjavami o razmerju tega plemenitega gradiva postavljen na začetek besedila.

Prve izdelane plastike, posebej opisani portreti, torej kar programatično napovedujejo oblikovni svet, pomenijo credo kiparja, ki se zaveda svojih korenin na meji slovenskega in italijanskega sveta oblik, na meji med Srednjo Evropo in Sredozemljem. Kasneje se je spoprijel tudi z drugimi gradivi, vendar je očitno, da je kamen ostal njegov trajni in najvišji ideal. V njem je dosegel tisto izraznost, ki jo lahko označimo kot vrhunsko stvaritev. V njem je zapel svoje najlepše pesmi.

Ob tem prvem koraku v svet umetnosti je vredno Negovana Nemca primerjati z njegovim daljnim vzornikom, vsebinsko pa sodobnikom Srečkom Kosovelom, ki ga je zelo cenil in ljubil in ki mu je postavil nekaj kasneje tako odličen spomenik v Hruševici, spomenik, ki pa tedaj ni smel žeti priznanj.

Pred kamnom je imel Negovan Nemec naravnost religiozno spoštovanje, a tudi strah, hkrati pa se je z njim intimno spoprijateljil.

Morda je najgloblja misel Negovanovih izjav o kamnu tista, ki govori o kamnu spoznanja. Ne poznam kiparja pri nas, ki bi prispeval tako tehtne in jasne misli o svojem delu, o svojih možnostih in o svojem prodoru do najglobljih plasti razmišljanja in dela.

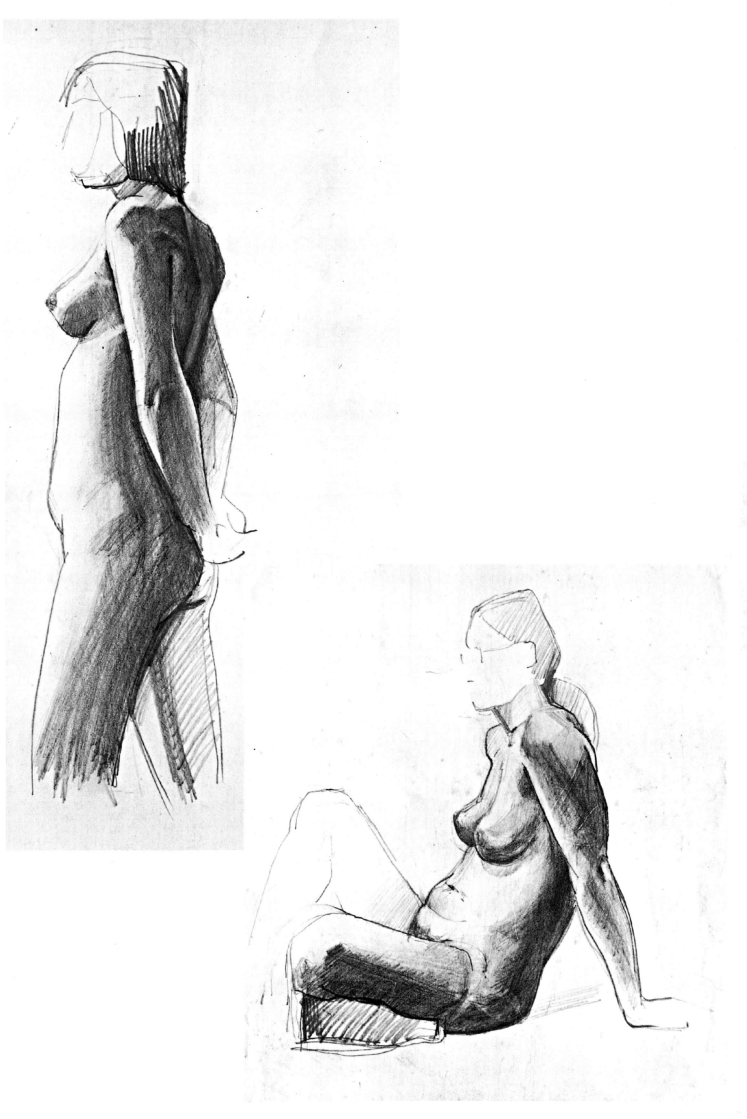

Avtoportret, 1968
kamen, 45 x 30 x 35

18

KIPAR
**NEGOVAN NEMEC**
POEZIJA V KAMNU
DESET LET POZNEJE

ŠČITI
IN JEDRA

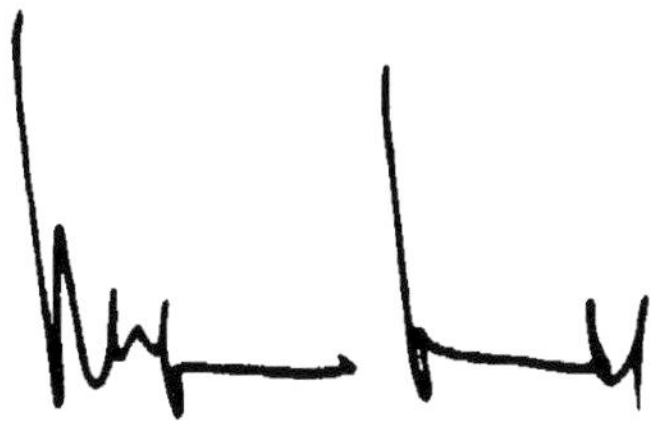

Negovanovo delo je raslo, kakor so to ponavadi dogaja, v sklenjenih ciklih. Prva stopnja ciklov zajema motiv ščitov, tedaj aktualne teme, pri Negovanu posebej intimno povezane z njegovim doživljanjem osvobodilnega boja. Danes, ko nekateri poskušajo ta zgodovinski spomin ne le relativizirati, marveč tudi izničiti, so posebej primorski Slovenci, od dvajsetih let do konca druge svetovne vojne izpostavljeni italijanskemu fašizmu, nastopili odločno v bran svoje neodtujljive pravice do narodnega obstoja in narodnega življenja, saj to zanje pomeni hkrati priznanje in potrditev njihove človečnosti, njihovega dostojanstva. Treba je prebrati, kar je Negovan sam napisal o svojem razmerju do tega vprašanja, da se zavemo, kako globoko je  bila grajena zavest o pripadnosti narodu, ki hoče živeti, o žrtvah, ki so bile potrebne, da bi si zagotovili to svojo temeljno pravico.

Negovan je napravil več osnutkov za svoj prvi spomenik, ki je bil oblikovan kot ščit. Dva od teh sta se ohranila v kiparjevem ateljeju. Negovan je odlično opisal svoje prvo javno delo po vsebinski in pomenski plati. Njegov popis in razlaga spomenika naj nam ga približa v naslednjih odstavkih.

Ščitt, 1969
mavec, 25 x 70

"Oblika. Ploskev, silno razgibana, radialni presek, vdori, praznine, krčeviti zvini, iztek v umirjenost.

Pomen. Leta 1941 se je pričel upor, boj na življenje in smrt. Mirnodobno življenje, čeprav bedno in suženjsko, se je razgibalo. Vrstijo se človeške stiske, pomanjkanje, požigi, uničevanje imetja, smrti. Boj se razrašča in se proti koncu vojne umiri, bliža se zmaga, svoboda, umirjeno življenje.

Ščit. Obrambni in bojni simbol, z njim odhajajo junaki v boj, ščiti jim glavo, oprsje, srce, življenje. Pomen: kako se je borila naša vas? V čem in kje je našla orožje za boj in kaj je bila njena obramba? Trdo življenje in delo sta usposobila ljudstvo za obstoj in za boj. Zvestoba rodu, zaupanje vase, pripravljenost na najtežje, so bila orožja in ščit, s tem so šli ljudje v boj in s tem so tudi zmagali. Treba je bilo braniti osnovno življenje, imetje, obstoj vaške skupnosti in sebe.

Svetloba: ponoči je spomenik osvetljen iz notranjosti, ob spodnjem robu je svetloba zadušena, razbita, v ospredju se reflektorsko razžari. Kres žari.

Pomen: volja do življenja in sla po svobodi sta nepremagljivi. Možno ju je začasno utesnjevati, zadrževati, dušiti, premagati nikdar. Iz vsake špranjice in špranje silita na dan, dokler ne najdeta poti, kjer se z vso močjo razžarita in se polno uveljavita.

Osvobodilni boj vaščanov je bil sprva pridušen, pa se je razrastel in se vnel v nepogasljiv kres.

Okolje: ščit je položen v urejeno okolje, obdajajo ga zelenica, nizek obrežni zid in stene hiš. Intimno je urejeno središče vasi.

Pomen: vojna je samo še boleč spomin, življenje se je umirilo in teče po normalnih tokovih. Delo in mir sta se spet naselila v vasi. Vojna ni prinesla le zmage, ampak je pustila še globoke sledi. Dokaz sposobnosti in moči ljudstva v obrambi svoje svobode, svojih pravic, težak spomin na vojna leta, na pogorišča, na človeške žrtve. Vse to je vas ohranila v svojem zalivu spomina. Ščit je odložen, mirno počiva sredi vasi, v zavetju nekakšnega tihega zaliva, uči in opominja.

Barve: osrednji del spomenika je kombinacija bele in črne barve, obdaja ga nežno zelena površina zelenice, to pa obdaja siv in bel zid in bele stene hiš.

Pomen: prevladujoči sta bela in zelena barva. Predstavljata mlado rast in mir. Ti dve temeljni življenjski dobrini slonita na delu in razumevanju med ljudmi. Sredi vsega tega pa živi trpek spomin na žrtve, na ceno, ki jo je bilo treba plačati, da si je ljudstvo to pridobilo. Črnina spomina."

Ščit IV, 1969
mavec, 10 x 56

Na koncu popisa spomenika je treba izluščiti še neko njegovo lastnost, ki na prvi pogled ni dobro razvidna, vsaj ne izpostavljena in vendar neizbrisno navzoča. Izpeljani ščit je v resnici skrito jedro, se torej povezuje z naslednjim ciklom. Te lastnosti v knjigi leta 1991 nisem izpostavil. Jedro je čez dan zares popolnoma skrito pod pokrivalom ščita, ponoči pa se ob osvetljavi skozi vrhnjo odprtino razodeva kot skrita vsebina. Potemtakem je ta vsebina spomenika razvidna le izjemno, toda postopek, ki je vodil do serije jeder, je bil na ta način zakoličen.

Šćit VIII, 1970
beton-železo, 32 x 100

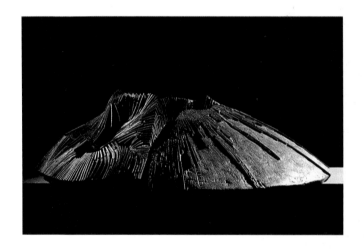

Šćit VIII, 1970
beton-železo-, 20 x 60

S spomenikom na Gradišču smo tako obiskali najzgodnejši mejni primer med ščiti in jedri, delo, ki pa na ta način dobiva še večjo težo.

Res pa je, da bodo jedra v ožjem pomenu besede temeljila na motivu organske forme, na kateri se izpod povrhnice prebija na dan notranje jedro iz organskega sveta. Zdaj torej ne bo več šlo za sestavo jedra iz samih mrtvih prvin z izjemo "dekoracije" na ščitu, marveč za celovito organsko telo, ki bo z vsakim novim korakom za spoznanje odstrlo zaveso ali ovoj ter potem kot črnina pod rdečim ali rumenim ovojem napredovalo k svetlobi.

Jedro III, 1970
les, 110 x 50 x 50

Odlična primerka takih jeder sta označena kot jedri III in IV. V obeh primerih imamo opraviti najpoprej z rdečo ovojnico lesenega izdelka, ki se razpira in omogoča črnemu "drobovju", da se nezadržno razrašča do svetlobe dneva. Zelo značilni sta obe barvi, ki sta nekaj kasneje postali celo ključni za Negovanov potresni cikel. Jedro IV je upognjena skulptura, na kateri je ovojnica zanihala v krivulji. Črno jedro še ni do te mere razraščeno kakor v prejšnjem primeru, zato je kontrast manjši, oba pola plastike sta bolj uravnotežena.

Vzporedno z opisano plastiko je kipar prav tako v lesu oblikoval pokončno jedro z rumeno povrhnjico in črnino notranjega jedra. Jedro je doseglo zdaj človeško velikost, njegov motivni svet pa izvira iz rastlinstva, čeprav, kakor je pri Nemčevih plastikah zdaj običajno, že predstavlja združitev oblik iz različnega sveta, tako da se začenjajo zlivati elementi rastlinskega, živalskega sveta s človeškim. Opravka imamo torej z antropomorfno plastiko, čeprav so sledi človeškega navidez prekrite. Pred seboj imamo torej zravnano telo, na prvi pogled svojevrstno rastlino, ki je razklana od vrha do tal, tako da po vsej višini razkriva črno notranjščino. Plastika je izjemno elengantna, ni simetrično oblikovana, marveč razločno raščena, z rahlimi odebelitvami v zgornjem delu. Vtis imamo, da se jedro počasi izvije iz ovojnice, njegova črna gmota se še ni osamosvojila, še ni grozeče napeta, marveč mirno razkazuje uravnoteženost obeh sestavin v visokoraslem živem kiparskem izdelku.

Naslednje jedro s številko V je nastalo prav tako leta 1972 kakor ledro III, zato je kakor prejšnje jedro tudi uravnoteženo; še več, tukaj je ovojnica, ki brani jedru, da se polno uveljavi, omejena na ozko rumeno črto na sredi telesa. Pred nami je namreč skulptura, ki razločno spominja na žensko telo z jasno razvitimi prsmi pokončne plastike. Površina jedra je dobro vidna tudi z obdelavo noža ali skobelnika.

Še v istem letu 1972 je nastalo jedro, prav tako v črni in rumeni barvi lesa, ki pa je ni mogoče več pripisati čemu drugemu kakor izzivalnemu ženskemu telesu. Zdaj je nekdanje črno jedro postalo del oblačila. Označena plastika je eden poglavitnih dosežkov Nemčevega kiparstva, sodi torej v njegov najožji izbor. Povrh je dosegla zavidljivo višino in lahko polno živi kot sobna plastika.

Jedro V, 1972
les, 55 x 30 x 30

Jedro IX, 1972
les, 120 x 100 x 80

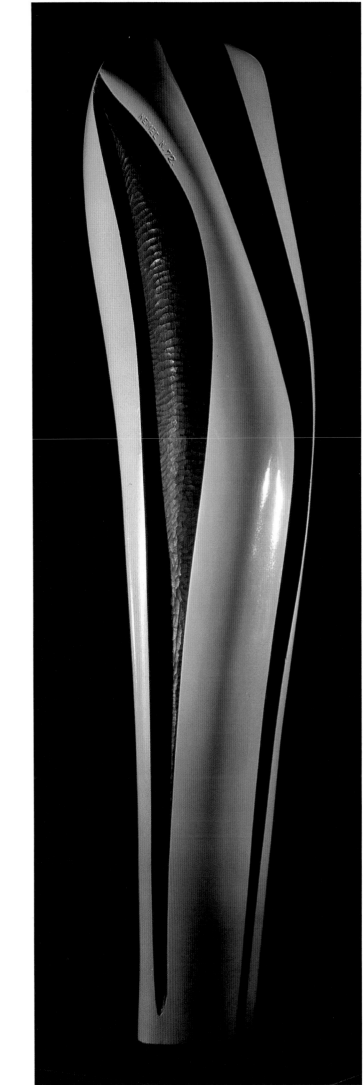

Jedro X, 1972
les, 185 x 40 x 40

Leta 1973 je Negovan Nemec oblikoval v betonu zelo značilen spomenik Ivanu Suliču in soborcem v rodnih Biljah. Upodobljeni sta stilizirani figuri, razpostavljeni na spomeniški površini, z nepopolnimi telesi, ki jima usiha življenje. Razpoznavni znak razloga smrti je kaj nenavaden. Obe telesi sta ranjeni, ne, preklani od glave do dna torza, smrtni objem je torej velikanska rana. Takšne rešitve drugod v našem kiparstvu ni, ne poznam je tudi pri drugih kiparjih zunaj našega območja. Negovan Nemec je s tem spomenikom nastopil kot pionir in dvignil bolečino na smrt ranjenih figur na novo trajnostno raven. Oblikovanje obeh figur in njunih ranjenih teles je pretresljivo sporočilo gledalcu, ki ga prikuje k dojemanju prizora. Očitno je tudi, da sta obe figuri na svoj način varianti jedra, teme, ki jo bo Negovan še naprej zmeraj močneje gojil.

Nekaj podobnega je mogoče reči o odličnem spomeniku padlim v slovenski Podgori na italijanski strani Goriške. Pred nami je sorazmerno velik spomenik, ki meri v dolžino tri in pol metra, tudi izdelan iz betona. Tudi temu je Negovan Nemec vdihnil življenje kot pomniku osvobodilnega boja. Oblikovanje spomenika je odličen primer skupine jeder, ki se v parih rok od zemlje do višine spomenika odpirajo ali zapirajo, če gledamo spomenik v obratni smeri. Tako povedne skupine rok oziroma pesti ne poznam nikjer, čeravno je na primer L. Courbusier svoj čas vsaj motiv pesti kot osamljen element uporabil v Indiji v mestu Chandigar. Iz opisa je mogoče razbrati, kako so domačini spremljali modeliranje in odlivanje spomenika ter ga sprejeli za svojega, še preden je bil odkrit. Negovan je namreč znal za svoja javna dela vselej pripraviti okoliščine, da je bilo mogoče spomenike uresničiti, da so torej spomenik sprejeli za svojega.

Jedro X-3, 1975
les-varjeno železo, 90 x 120 x 50

Podgorske pesti so nastale leta 1973. Dve leti kasneje pa je Nemec motiv jeder prenesel v drugo gradivo, v varjeno železo. Dve taki kompoziciji je ustvaril za Ljubljansko banko v Novi Gorici, označil ju je s številkama XXI in XXII. Jedri sta rezljani iz lesa, ozadje pa je kovinsko. Oba motiva združujejo koncentrični in spiralni zavoji, ki prenašajo energijo obeh jeder na periferijo.

Podobno delo, prav tako iz lesa in varjenega železa, je kipar ustvaril tudi za Goriški muzej, ta izdelek se odlikuje posebej s pretrgano folijo nad telesnim jedrom, ki je tokrat bogato razčlenjeno. Vsi trije spomeniki so domiselne variacije umestitve plastičnih jeder v valujoča ozadja, ki skupaj z jedri ustvarjajo primerno napetost za sproščanje energije. Zanimanje naročnikov za te vrste kiparske izdelke je torej naraslo do take mere, da je bilo mogoče ponuditi že kar abstraktno mojstrovino.

Jedro XXIII, 1975
les-varjeno železo, 220 x 180 x 20

30

KIPAR
**NEGOVAN NEMEC**
**POEZIJA V KAMNU**
**DESET LET POZNEJE**

*BREZ*
*IZHODA*

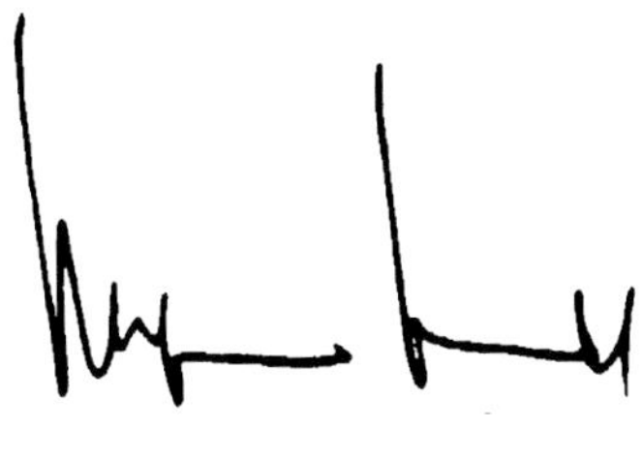

V tako razgibano kiparjevo življenje, ko mu je bilo omogočeno ustvarjati tudi velike spomeniške naloge, je leta 1976 nenadoma udaril posoški potres. Na mah je spremenil umetnikove načrte, nenadoma se je znašel nemočen pred silami narave, pred nezadržnimi rušenji in navsezadnje pred nalogo, da iz sebe izstisne tisto prvino, ki je dotlej spala nevzburjena: občutek za dramatičnost, za majhnost človeka pred naravo. Zavedal se je bližine smrti in ni se mogel izogniti razmisleku o svoji nadaljnji poti. Srečanje s potresom in vsem tistim, kar je v njem sprožil, je rodilo najbolj nenavadno skupino plastik, včasih bolje konstrukcij, kar jih je Negovan ustvaril in kar so jih kdajkoli pri nas ustvarili drugi. Vsaj v Slovenskem kiparstvu ne poznamo ničesar podobnega. Še zlasti je ta skupina pomembna zato, ker je z njo naš kipar razkril tiste prvine svoje osebnosti, ki je nikoli ne bi pričakovali kot vsebino normalnega razvoja. Opraviti imamo s pravim izbruhom dramatične duševnosti, z izbruhom nenavadnega izražanja, nenavadnega "ekspresionizma", kakor sem pred leti imenoval način njegovega oblikovanja v prvih popotresnih letih. Tej smeri se dobro prilega oznaka naturalističnega ekspresionizma. Ne gre namreč za nikakršno deformacijo upodobljenega sveta, kakor v klasičnem ekspresionizmu, marveč za ostro konfrontacijo samih po sebi "normalnih" sestavin. Dramatičnost izvira iz dogajanja, ki ga je Negovan "vpeljal" v svoje skulpture, dogajanja, ki je na razstavi plastik zbudilo veliko začudenje, če uporabim zelo mil izraz. Večina publike teh del namreč ni razumela, ni jih mogla ali jih ni hotela razumeti. Kipar sam je priznal, da so ga obhajali nenavadni občutki, ko se je gibal po razstavi, potem ko jo je publika že zapustila. Opisani "pogovor" s plastikami brez publike je bil srečanje s samim s seboj v novem položaju, ki mu je napovedoval tudi konec življenja, kar je Negovan tudi sam priznal - in kar mu je bilo mogoče brati na čelu, ki ga je zaznamovala usoda.

Destrukcija XI, 1977
železo, 50 x 30 x 40

Kiparja je potres tako prizadel, da je v prvi fazi upodabljal predvsem rušenja, ki jih je sam poimenoval destrukcije. Upodobljene so podirajoče se konstrukcije, ko so vezi popustile, in ko se zasnutki podirajo. Vse to je izpeljano s tipičnimi gradbenimi členi, ki jih povezuje železo. Ta skupina plastik je po svoje zelo pretresljiva, zato ni čudno, da se je umetnik hotel na ta način izraziti tudi pri zasnovi spomenika primorskim gradbincev. Naj na tem mestu preprosto povzamem dobro oznako te skupine plastik po besedilu v knjigi iz 1991, ker se mi zdi dovolj dobra.

Prva skupina Destrukcij, od katerih tukaj objavljamo tri, so po gradivu zasnutkov gradbeni elementi v patiniranem mavcu in železu, ki jih povezujejo razrahljane vezi. Bistvo skulptur so svojevrstne konstrukcije, ki so popustile ali se sesule, gre torej za razpadle sestavine gradbenih celot. S tako preprostimi sredstvi je kiparju uspelo pokazati na potres, ki je destrukcije povzročil. Na videz je to dobesedna pripoved, vendar z izolirano konstrukcijo povzdignjena v simbol tragičnega dogajanja. Vsi trije izbrani kosi so na ogled v ateljeju v Biljah, medtem ko je v Ljubljano romala Vertikalna kompozicija sestavljena iz grozda razprtih in padajočih železnih plošč. Umetnik je prav iskal odnose med kosi, sestavljenimi v celoto, da bi na najučinkovitejši način pričaral razpad.

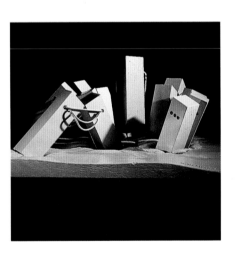

Destrukcija X, 1977
železo, 35 x 35 x 50

To je bil komaj začetek, leto dni kasneje se je njegova domišljija prebila do še bolj dramatičnih konstrukcij.

Toda preden se je to zgodilo, se je treba ustaviti pri zanimivem javnem spomeniku, ki ga je Nemec izdelal za primorske gradbince v Renčah. Leta 1977 je bil pripravljen prvi osnutek v mavcu. Zamisel se opira na sicer polomljene, razpočene in fragmentirane konstrukcijske prvine v betonu, ki jih na lomih spenjajo železne palice. Nalomljeni elementi so trije, skupaj s fragmentiranimi pa sestavljajo skupino v krogu. Impresivna zamisel, ki pa naročnikom ni bila po volji, saj je kljub urejenosti sporočilo zasnovanega spomenika vendarle nasledek potresnega rušenja. Ne vidimo sicer, ali se bo konstrukcija še naprej podirala ali pa je rušilna moč zaustavljena. Zelo značilno je, da je Nemec našel v drugem zasnutku po odklonitvi prvega možnost, da vendarle pokaže na potresno dogajanje, toda zdaj nevtralno: navpik je postavil skupino nosilcev, troje v obliki že betoniranih, troje pa šele v fazi železnih konstrukcij. Zdaj se res v prvem zasnutku zamišljena spomeniška celota ne podira več, toda zato izpovedna moč novih vertikal ni nič manj grozljiva. Tokrat zlasti nespregledljivo govore posebej vrhnji sklepi, konzolni "kapiteli" nove verzije spominskih stebrov, od moderne, od Picassa in drugih, pri nas od Pregljevega Pompejanskega omizja in drugih podob znane izvotlene glave likov. Pomeni, da je Negovan Nemec prvine gradbenih konstrukcij uspešno spremenil v upodabljajoče zgovorne postave, pri katerih se v celoti ali deloma izvotleni konstrukcijski elementi uravnotežijo s pokončno držo, pa naj gre za optimizem ali opominjajoči klicaj.

V naslednjem letu odmeva takšna s potresom sprožena problematika v Nemčevem likovnem jeziku tudi pri izdelavi makete za spomenik padlim v NOB za Štandrež onstran meje pri Gorici. V mavcu in nerjavečem jeklu izdelani zasnutek spominja na rožo s poleženimi listi na blagi klančini krožnega jedra, v sredini pa se v spopadu ali spoprijemu povešata stilizirani figuri, ki se predstavljata v obliki nalomljenih konstrukcij.

Toda v letu 1978 se je kipar prebil do še bolj pretresljivih zasnutkov, najpoprej v ciklu Rušenja. Prva skulptura tega cikla sodi med najbolj grozljive stvaritve našega umetnika. V naravni velikosti je pritrjena na leseno črno ogrodje gmota mrtvega telesa, zavita v rdečo plastično ovojnico. Da je pod rdečim plaščem telo, je dobro videti, prav tako je videti, da ni zleknjeno zravnano, marveč vsaj s spodnjimi okončinami skrivenčeno. Zato ob tem spomeniku rad govorim kot ob pretresljivem epitafu. Še bolj pretresljivo je vedeti, da je pod tem rdečim pokrivalom na mrtvaških nosilih pozirala žena Nelida, ki se je pri tem skoraj zadušila. Najbolj grozljiv pri opisanem epitafu je še dobro viden zadnji drget zakritega telesa. Tukaj se je Negovan Nemec na usoden način srečal s smrtjo, s smrtjo kot nevidnim, a slutenim, vsekakor pa dokončnim. Barvna zasnova te skulpture se bo potem ponavljala v vsem ciklu in še nekaj kasneje. Rdeča bo barva človeškega, črna nosilne konstrukcije zasnov, rdeča barva krvavega mesa, črna neusmiljene grožnje.

Skulptura Rušenja II, prav tako iz leta 1978, je podirajoča se skladovnica črnih klad s previsnimi tramovi in odpadajočimi vertikalami. V primerjavi s poprejšnjo skulpturo je nova čista konstrukcija z zelo povednim značajem zaradi nakazanih nasprotij, ki razdirajo "stavbo".

Rušenje IV, 1978
les, mavec, 123 x 110 x 50

Rušenje I, 1978
les, mavec, 190 x 120 x 60

Naslednja izbrana konstrukcija Rušenje IV pa že operira z obema akterjema drame, tokrat z gladko stiskalnico lesenih klad in v primež stisnjenima človeškima okončinama in povedno igro prstov. Zasnova je očitno računala s trenutkom, preden bodo klade dokončno uničile krvavordeče ostanke človeškega bitja, pravzaprav samo njegove zgovorne prvine. Tako grozljivega ekspresivnega naturalizma, če smem na ta način na videz izključujočih se prijemov označiti skulpturo, slovensko kiparstvo še ni poznalo. Nemec je do skrajne možne meje zrežiral potresno katastrofo, odčitano na soočenju obeh protagonistov drame, neustavljive naravne moči in neogibne žrtve živega. Še korak naprej v tej smeri je storil kipar s skulpturo Rušenje V. Tukaj sta roki v stisku dveh plasti klad, zgornja bo pritisnila na krvavečo gmoto rok, s katerimi premineva življenje.

Zamisli so kiparju kar vrele na dan z zmeraj novimi možnostmi obeh akterjev dogajanja. Skupino skulptur na potresno tematiko je oblikoval pod naslovom Brez izhoda. Prva skulptura serije spet uprizarja zadnji boj skupine rok, ki jih stiskajo klade. Na desni so se zgornje klade že spojile s spodnjimi, na levi pa se drama nadaljuje ter bo zdaj zdaj izničila tudi roke na tej strani. Tudi tukaj je vredno opozoriti na že nakazano dvojnost nastopajočih. Na eksaktno vrezane klade črnega lesa in krvavo organsko gmoto rok, ki se zaman poskušajo upirati pritiskom premočnih, neusmiljenih, za bolečino gluhih sil temnega sveta.

Brez izhoda IV, 1978
les, mavec, 80 x x135 x 25

Morda je še bolj strahotna naslednja odbrana skulptura te serije Brez izhoda, kjer je sicer slepa, toda dosledno delujoča sila, prikazana še bolj nazorno. Kiparjeva domislica, da je dogajanje vklenil v kvadratno trdno zamejeno ogrado, bistveno pripomore k učinkovanju plastike. Človeku se lahko ježijo lase, ko opazuje "sestopanje" kock z roba proti sredini, kjer je obsojena rdeča gmota ostanka življenja. Grozljiv je ta sestop tudi zato, ker se bodo klade, ko bodo klonile v ograd, zravnale z okvirom kompozicije ter tako z mirno brezdušno ravnino prekrile drgetajočo rdečo gmoto na dnu. Naslov Brez izhoda torej natančno ponazarja smisel dogajanja.

Nekakšen višek cikla je skulptura Brez izhoda IV. Dogajanju je odmerjen trdno konstruiran prostor omare - stiskalnice. V odprtino omare je v vsej širini položeno razkosano človeško telo. Odprtina je pretesna, da bi gladko razžagani kosi kamorkoli lahko ušli. Namenjena je našemu gledanju prizora, ki spominja na srednjeveške mučilnice najbolj grobih zanikanj človeškega dostojanstva. Brezizhodnost je tukaj dosegla svojo skrajno točko, saj zdaj nimamo več opraviti z realistično posnetimi deli telesa, marveč z njegovo celoto, ki pa je preprosto razžagana.

Kipar je potem še v dveh kompozicijah predstavil razrezana telesa, v Horizontalni in Vertikalni kompoziciji. Horizontalna kompozicija je sestavljena z menjavo lesenih klad in dveh delov razžaganega telesa, ki jima niti ni več mogoče določiti izvirnih oblik. Kiparjeva domišljija je tukaj prav na robu meje, ko še lahko govorimo o ostankih človeškega. Podobno je z vertikalno kompozicijo, čeravno je tukaj zgornji del telesa dovolj dobro razpoznaven, je pa vdelan v zasnovo črnih lesenih pokončnic in je torej prej razstavni kos brezdušnega sveta, kakor upodobitev človeškega.

Istemu svetu pripada tudi skulptura Odpiranje, prav tako iz leta 1978. Naslov pa je nov in morda je treba razlagati razpiranje lesenih klad, ki spodaj sicer uničujoče stiskajo krvave ostanke živega, navzgor pa se razpirajo vsaj z rahlim optimizmom.

Rušenje II, 1978
les, mavec, 110 x 80 x 80

Brez izhoda I, 1978
les, mavec, 50 x 100 x 30

Če se vprašamo, ali obstajajo kakršnekoli povezave med prejšnjimi stvaritvami našega kiparja in ravnokar predstavljenim ciklom Brez izhoda, na prvi pogled sicer ni videti kakih sorodnosti. Vendar temu ni tako. Tudi te izdelke je namreč mogoče razumeti kot posebne oblike jeder. Tako vlogo imajo v tem ciklu krvavo rdeče gmote delov ali ostankov človeškega telesa. Seveda pa je smisel obeh soigralcev jeder in okvirov zdaj drugačen, postavljen na glavo. Ostanki človeškega telesa vsekakor ne morejo rasti nikamor, marveč umirajo pred našimi očmi, sile zunanjih konstrukcij so premočne. V tem je mogoče treba videti likovno sporočilo obupa. Zato pa bodo v naslednjem koraku, ko je kipar krizo premagal, ponovno na poti zasnutki, ki vzbujajo upanje.

Rušenje V, 1978
les, mavec, 56 x 83 x 64

Brez izhoda II, 1978
les, mavec, 60 x 60 x 40

*PREBOJ*

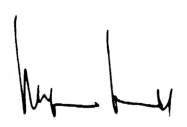

Leta 1979 so umetniku naročili izdelavo velike stenske kompozicije, ki je odprla novo obsežno skupino skulptur z naslovom Preboji. Naročnik je bila UJV v Novi Gorici, naročila pa niso povezovali z nikakršnimi programskimi ali drugimi zahtevami. Umetnik je imel torej proste roke in je lahko na ta način zastavil nov korak v življenje in vsaj na videz optimistično novo ustvarjanje. Intermezzo je bil premagan.

Preboj VI, 1979
bron, 46 x 19 x 23

Preboj VII, 1979
bron, 46 x 19 x 23

Preboji so za umetnika torej pomenili novo poglavje. Z njimi je pozabil stare rane, z njimi je odprl pot v nov cikel. Preboji dobesedno pomenijo najpoprej sprostitev form njegovih plastik, hkrati pa v ne manjši meri sprostitev kiparjevih energij. Zdaj se bodo novosti porajale brez ovir, brez krčev, marveč se bodo razpirale v vse bolj določljive gmote.

Taka je že skulptura Preboj II, saj dobro ponazarja povedano. Pokončen kvader, ki je rahlo odebeljen v zgornji polovici, se pod vrhom odpira in omogoča osvetlitev zvitega jedra. Po času nastanka naslednja skulptura tega cikla, Preboj III, tudi v varjenem patiniranem železu v že poprej uresničenih dveh barvah rjavordečega oklepa in temnejše gmote organskega motiva, dokazuje isto smer. Označena skulptura sodi med največje izdelke našega kiparja, saj je razvita kar na devetih dolžinskih metrih, največja višina pa presega človeško postavo. Tu ni nobenih krčev, ki bi kakorkoli utesnjevali temnejše jedro, marveč sta obe sestavini usklajena povedna soigralca. Če si pobliže ogledamo skulpturo, je jasno, da imamo opraviti z novo varianto jeder. Življenje, ki se je poprej v nedoločnih skupinah prebijalo iz osredja, je zdaj dokončno zmagalo. Drama brezihodnega se je prevesila v novo življenje.

Še isto leto je kipar izdelal skulpturo Preboj VI, kjer se temnejša snov jedra prebija iz zglajene, toda razpočene ovojnice rahlo ukrivljenega kvadra. Kontinuiteta s starimi jedri se še kaže v dvojnosti svetle ovojnice in rojevanja temnejšega jedra, toda zdaj tudi z vse bolj lepotnim poudarkom. Kajti cilj novih iskanj je ravno iskanje lepega. Napredek v nakazani smeri je, denimo, zelo jasno razviden v skulpturah Preboj XIX in XX. Prva skulptura je doživela pravo modeliranje srednjega dela, tako da je ovojnica samo še izgovor za uveljavitev jedra. Še bolj je to vidno v drugi skulpturi, ki se je spremenila v celoti v organsko obliko ter dobesedno zacvetela.

Ta faza Nemčevega dela je po zanimivem naključju dokumentirana tudi v lesu. Zakaj prav zdaj je Negovan prejel povabilo na Kostanjeviško Formo vivo. Na tej prireditvi je sklesal zanimivo skulpturo z naslovom Preboj.

Če preskočim kako leto, se je treba ustaviti pri Negovanovi najdaljši "sobni" skulpturi, ki je nastala  v letu 1983 za dvorano Soških elektrarn v Novi Gorici. Avtor je delo naslovil z Energijo. Dolga plastika razgibanih linij in različnih širin oziroma višin spričuje dogajanje, ki je sicer abstraktno naslovljeno, lahko pa ga pojmujemo tudi kot svojevrstno stilizacijo reke Soče. Vsekakor lahko rečemo, da je učinek kovinske skulpture prepričljiv, ne pretirano zapleten in imenitno dopolnjuje prostor.

Proboj IV, 1979
varjeno železo, 50 x 50 x 130

Proboj V, 1979
varjeno železo, 620 x 190 x 45

Proboj III, 1979
varjeno železo, 900 x 220 x 60

Proboj I, 1979
železo, 530 x 200 x 45

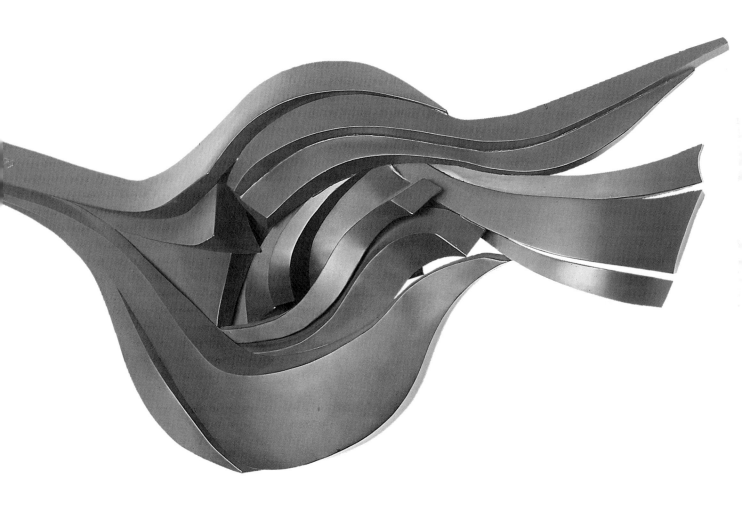

Energija, 1983 - detajl
železo, 1000 x 200 x 120

55

Energija, 1983
železo, 1000 x 200 x 120kor

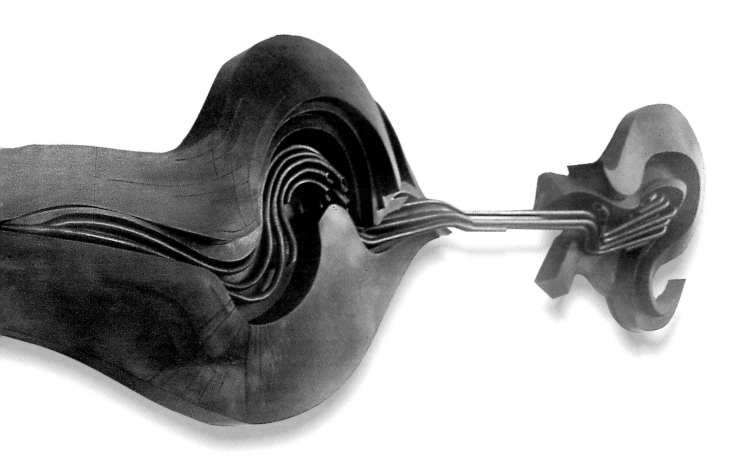

KIPAR
**NEGOVAN NEMEC**
POEZIJA V KAMNU
DESET LET POZNEJE

ŽIVI
KAMNI

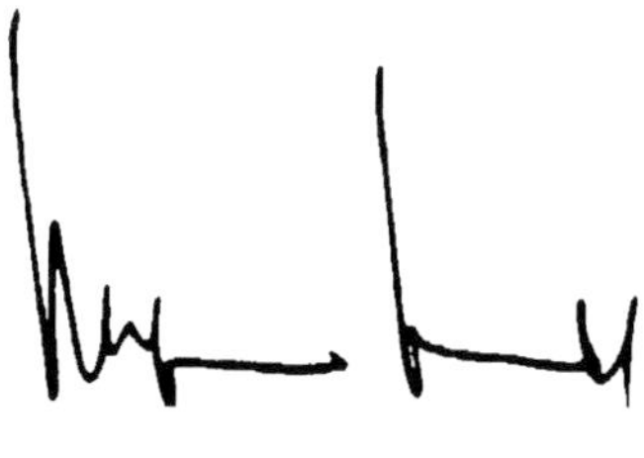

Sočasno pa je Negovan Nemec neutrudno snoval svoje žive kamne. Nastajali so spet v ciklih z različnimi poimenovanji, ki zajemajo različna fizična in psihična stanja človeka. Formalni svet teh jeder se vidno napaja s pobudniki živega sveta oblik iz rastlinskega in človeškega sveta. Vendar zdaj praviloma tako, da jih ni mogoče prepisati zgolj eni sami živi vrsti. Naš kipar je končno našel sintezo vsega živega in s posameznimi prvinami uresničeval zmeraj nove skulpture. Naj jih nekaj naštejem. V letu 1981 je ob zadnjih Prebojih nastala kompozicija Popek. Nekaj skulptur nosi naslov Kipenje, prvi primerek te skupine je nastal tudi leta 1981. V nasprotju z nekaterimi poprejšnjimi plastikami - Popki, se zdaj oblike dvigujejo ter s tem opravičujejo postavljeni naslov. Podobno velja za skupino izdelkov z naslovom Zorenje. Nadvse zanimiva je tudi naslednja skulptura Hrepenenje, prav tako iz 1981, kjer je odlično uveljavljena antropomorfna oblika z vsemi značilnostmi vegetabilnega sveta.

Poželenje IV, 1982
marmor, 11 x 29 x 10

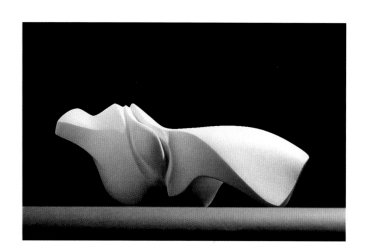

Še istega leta je ob navidez abstraktni skulpturi Ritmični spev, kjer je uveljavil muzikalno komponento, izklesal tudi prvo plastiko iz cikla Upanje. Leta 1982 je kipar uresničil skulpuro Poganjek kot del plastične spirale, ki varuje zaobljeno jedro, to jedro pa lahko razumemo tudi kot asociacijo na žensko dojko ali moški organ. S tem naj bo poudarjeno, da je Nemčevo kiparstvo zdaj nabito z erotičnimi prvinami, ki prihajajo na dan domala v vsakem njegovem izdelku. Med naslednjimi skupinami je treba omeniti skulpturo Novo rojstvo ali Zoomorfno obliko iz leta 1982 z velikim plodilnim mednožjem skoraj v naravni velikosti. Za to skulpturo je značilno - in ne samo zanjo - da je kipar preprosto odrezal vse, kar ne sodi k jedru dogajanja. Isto velja za skulpturo Poželenje IV iz manjšega cikla. Tudi tukaj se je kipar osredotočil na motiv mednožja, ki se zvija v krču. Gre za imenitno študijo živega torza, hkrati za dober primer plastike, ki bi jo bilo mogoče prenesti v monumentalen format. V naslednjem letu se je kipar lotil serije Kipenje, ki z višinsko rastjo opravičujejo postavljeni naslov. Plastika Kipenje IV je dober primer skulpture, ki raste iz gomoljastega podstavka ter se izvija iz plašča v obliki dveh stiliziranih glav.

Zdaj je tudi kritika opazila izredno kakovost Nemčevih izdelkov ter spregovorila o kiparjevi izjemni zrelosti.

Kamen je bil seveda za ves ta cikel odločilno in monopolno gradivo. Toda hkrati je Nemec zmogel tudi oblikovanje v polirani kovini. Mislim na Zorenje VI iz leta 1982. Tukaj je vredno opomniti, da gre za nadvse občutljivo oblikovanje skulpture, v kateri se ohranja sled temnejšega jedra pod zglajenim plaščem ovojnice. Skulptura je nenavadno skromnih mer, čeravno je izdelal tudi nekaj še manjših, tako da jo lahko uživamo izpostavljeno na mizi ali polici.

Bližamo se letu 1984, ko je naš kipar dobil nekaj naročil za javne spomenike. Tako za beograjsko gasilsko društvo Voždovac, posvečeno dragocenosti vode, ki v tankih curkih odteka preko prevala na razmaknjeni polovici spomenika. Oblikovana je torej struga z visokima strminama. Za rodno deželo Goriško pa je Negovan Nemec izklesal dva pomembna spomenika. Eden je namenjen spominu na pohod XXX. divizije v beneško Slovenijo, ki je pri Kanalu ob Soči prešla reko. Spomenik s svojo obliko značilno ponavlja kanjon Soče, ki ga dopolnjuje s skupino figur, na desnem bregu sestopajočih, na nasprotni strani plezajočih po bregu. Na spomeniku ni opaziti nikakršnega realističnega upodabljanja udeležencev pohoda, marveč mirno vključevanje belih figur v belino celote. Gre za bele lutke, ki omogočajo branje spomenika, ki torej ne kažejo nobenih portretnih značilnosti udeležencev, marveč samo njihovo vlogo pri forsiranju reke. Spomenik je odlično posajen v zeleno okolje in bistveno sodeluje pri prepoznavanju zgodovinskega dogajanja, ki je slovensko vojsko popeljala do skrajnih zahodnih meja slovenskega ozemlja.

Upanje II, 1981
carr. marmor, 22 x 20 x 10

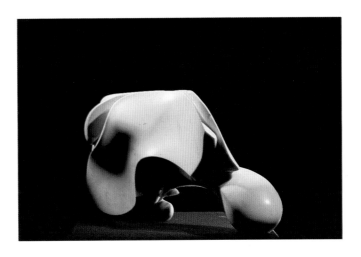

Ne manj zahteven pa je spomenik padlim v NOB, ki ga je Negovan istega leta oblikoval za Rožno Dolino. Tu se dogajanje odvija okrog nevidnega jedra spomenika, ob katerega so posajene oziroma se iz njega trgajo ploske oblike borcev. Toda ti pokojniki niso prepoznavni kot borci, prej kot plesalci, ki oživljajo simbole padlih. Ob tem spomeniku je bilo mogoče govoriti o nekakšni breztežnosti kar secesijskega značaja.

61

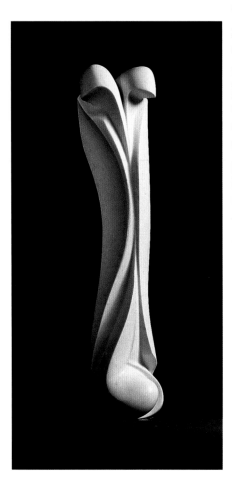

Kipenje IV, 1982
carr. marmor, 55 x 15 x 15

V letu 1985 je Negovan še kar naprej snoval svoje žive kamne, posvečene Zagonu, Mladostni zvedavosti in Prebujenjem ter še drugim temam, na primer Horizontalni zvedavosti. Poglavitni dosežek tega leta pa je bila skulptura Navdih življenja, ki je bila izbrana za predstavitev kot Delo meseca v Cankarjevem domu. Velika plastika je obležala v Gorici in zaradi carinskih ovir ni mogla čez mejo. Zato je kipar v nekaj dneh izklesal njeno približno kopijo, ne da bi dobesedno ponavljal figuro. Plastika je sestavljena iz dveh prvin. Zgornji del sugerira moškost, spodnji del žensko vdanost. Navdih življenja je ozka sloka, toda plemenito napeta skulptura, ki pomeni enega vrhov Nemčevega ustvarjanja. Mrzlično delo, ki ga je Negovan razvil ob ponovitvi te skulpture, govori o kritičnem zadnjem obdobju kiparjevega življenja, ko se mu je nenehno mudilo. V pogovoru je omenil, da načrtuje prenos manjših form v velike spomeniške zasnove. V tej smeri je dobil vsaj dve priložnosti za realizacijo, za Šempeter pri Gorici in za Novo Gorico. Oba spomenika se že na pogled in na otip razlikujeta od starejših del. Površina je hrapava, zrničena. Spomenik v Šempetru je sklenjena gmota s plastiko jedra in vegetabilnim dodatkom, ki ga lahko razumemo kot veliko stilizirano rožo. Zrničena površina omogoča odlično uveljavitev spomenika v zelenem okolju. Spomenik diverzantom se odreka figuralni pripovedi ter nakazuje delo padlih z razklanimi in razmetanimi deli. Če ponovim svojo oceno, imamo opraviti z moderno verzijo destrukcije, ki pa ni izdelana z bolečino, marveč s poklonom. Zadnji pomembni spomenik je nastal leta 1986, namenjenim padlim v NOB na Kromberku pri Novi Gorici. Naj tudi tukaj ponovim že zapisano misel. Morbidni torzo s komaj nakazano glavo in hrapavo površino je izjemno delo v Nemčevem opusu. Zdaj ne gre več za ranjeno ali razklano telo, marveč za truplo, ki pada in bo razpadlo.

Istega leta je Negovan Nemec izdelal za tovarno Iztok v Mirnu unikatno spalnico ter jo opremil s kiparskimi dodatki izjemno elegantnih linij. Kiparski izrastki med drugim obkrožajo zrcalo in stranici postelje ter niso oblikovani brez spomina na secesijsko obdobje. Naročilo je nastalo v upanju na prodajo v tujini. Spalnica je bila predstavljena v posebnem katalogu in v prostorih Goriškega muzeja na Kromberku. Tako se je naš kipar izkazal tudi kot oblikovalec pohištva, poleg bogate verzije pa je snoval tudi podobne rešitve za skromnejše ljudi. Po dolgih letih napornega dela je bilo na vidiku vabilo za monumentalno fontano v Amanu, za njegovo realizacijo je bila izdelana skulptura Harmonija življenja I v bronu.

zoomorfna oblika II, 1982
carr. marmor, 20 x 20 x 20

Isto leto se je Negovan Nemec predstavil z obsežno retrospektivo svojega dela v Avditoriju v Gorici, pripravil pa je hkrati razstavo za Špeter ob Nadiži. Obe razstavi sta pomenili velik uspeh. Dosegla so ga še druga vabila, med drugim za rimski Slovenicum. Sredi tega dela in priprav je dobesedno omahnil v bližnjem gostišču, kamor se je odpravila družina na izlet.

Preboj XXIV, 1981
carr. marmor, 30 x 50 x 28

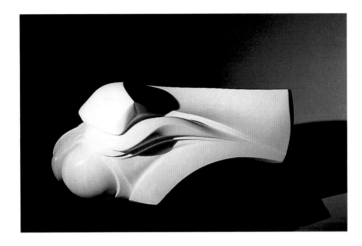

Preboj XXX, 1981
carr. marmor, 30 x 60 x 30

Popek, 1981
carr. marmor, 27 x 60 x 2˝

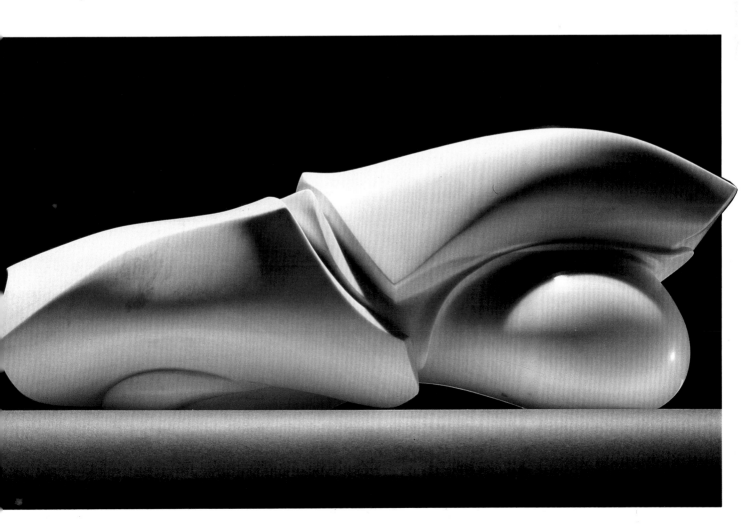

Živi ali beli kamni Negovana Nemca so njegov najštevilnejši cikel. Ker jih je kritika in publika sprejela kot izredno kakovostne in priljubljene kiparske stvaritve, primerne prav posebej tudi za zasebne domove, so se ti pomniki raznesli ne samo po Sloveniji, ampak tudi v širšem okolju in se znašli tudi na drugih kontinentih. Z njimi se je Negovan odlično izpel kot tenkočuten oblikovalec vitalistične skulpture, ki mu slovensko kiparstvo tudi še danes ne more postaviti ob bok nič podobnega. S temi kamni je daleč presegel uspehe starejše generacije, prav posebej tudi Frančiška Smerduja, pesnika ženske telesnosti. Odslej zato velja tudi kot poglavitni avtor erotične plastike med nami. Čeprav je seveda treba brez odlašanja pripomniti, da je erotiko pojmoval kot vzvišeno dejanje, saj je svoje plastike do konca ovijal v površino, zglajeno do visokega sijaja. Na ta način je dosegel nekakšen poduhovljen izraz svojih kiparskih izdelkov, ki jih je z zglajeno površino odmaknil od neposrednega dotikanja. Svojčas sem že omenil, da je podoben postopek v slikarstvu iznašla bidermajerska doba, ki je z gladkim lakom prekrivala prizore in figure iz meščanskih domov.

Prebujanje I, 1984
marmor, 18 x 41 x19

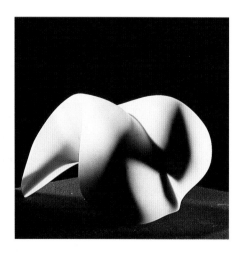

Zorenje V, 1981
carr. marmor, 35 x 43 x 30

Negovan Nemec je bil sodobnik in sošolec nekaterih pomemnih slovenskih umetnikov, med njimi tudi Toneta Demšarja, znanega kiparja, ki nas je nedavno zapustil. Omenjam ga posebej zato, ker ga je družilo z Negovanom podobno programsko geslo: stiskanje jedra. Seveda pa nam primerjava izdelkov obeh kiparjev razločno odkrije, da je Negovan gledal drugače, bolj problemsko in da je začetne okvire v zadnjem ciklu tudi odločno presegel v smer lepotnega oblikovanja. Nekateri so skušali iskati za Negovanovo kiparstvo tudi druge, evropske ali celo svetovne zglede, vendar jih niso našli, ker je bil Negovan kljub nekaterim zunanjim podobnostim, denimo s kakim Brancusijem, vendarle, popolnoma izviren umetnik, ki je izhajal iz svojega. Prav tako ni bilo mogoče najti stikov s tistimi slovenskimi in drugimi umetniki, ki so izrecno oblikovali jedra. Mislim posebej na Franceta Rotarja, ki pa je svoje prevotlene krogle v primeri z našim kiparjem obravnaval statično. Bliže pa je po notranjem značaju Negovanovo delo plastikam akademskega učitelja Slavka Tihca, ustvarjalca nekaterih pomembnih Semaforjev in drugih del. Seveda pa Tihčevo delo močneje prežemajo intelektualne in racionalne silnice.

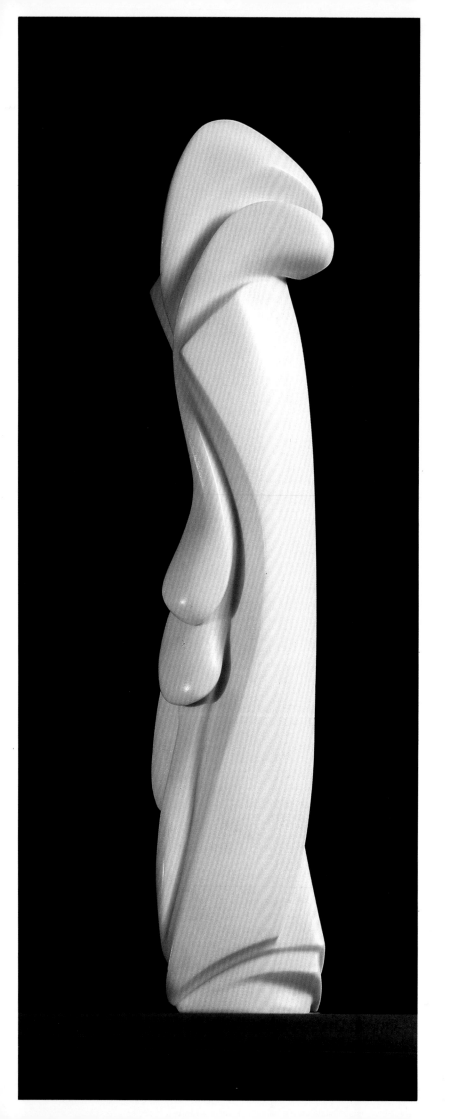

Ritmičen spev, 1981
marmor, 60 x 15 x 15

Upanje III, 1982
carr. marmor, 26 x 40 x 20

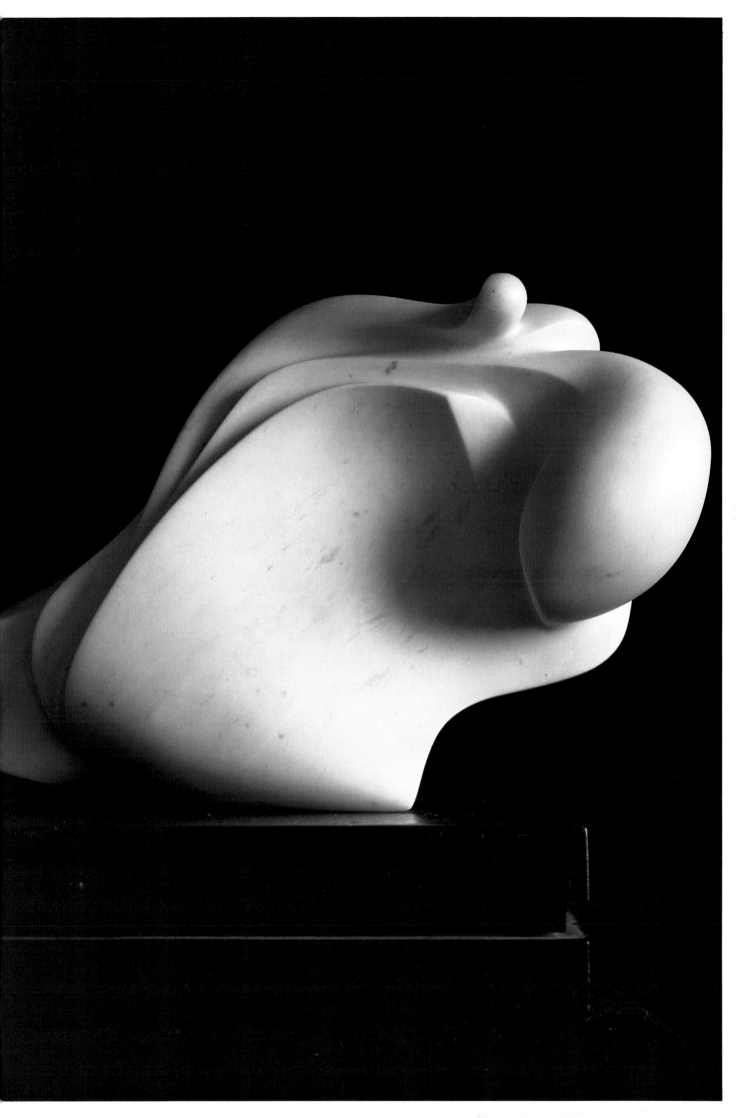

Vertikalni spev III, 1984
marmor, 116 x 33 x 21

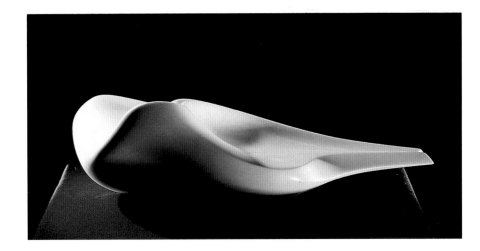

Zagon VI, 1984
marmor, 20 x 63 x 41

Zagon II, 1984
marmor, 27 x 42 x 33

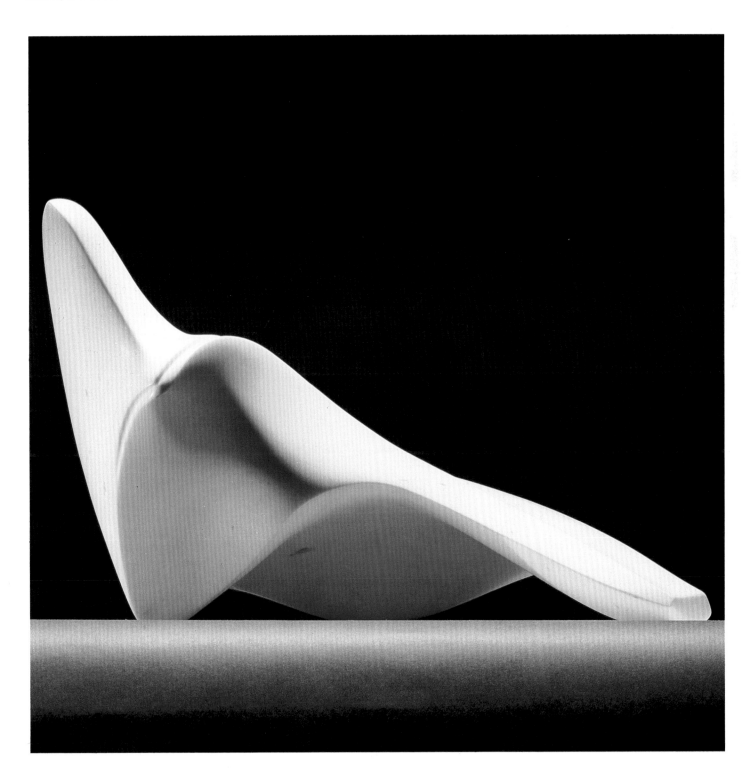

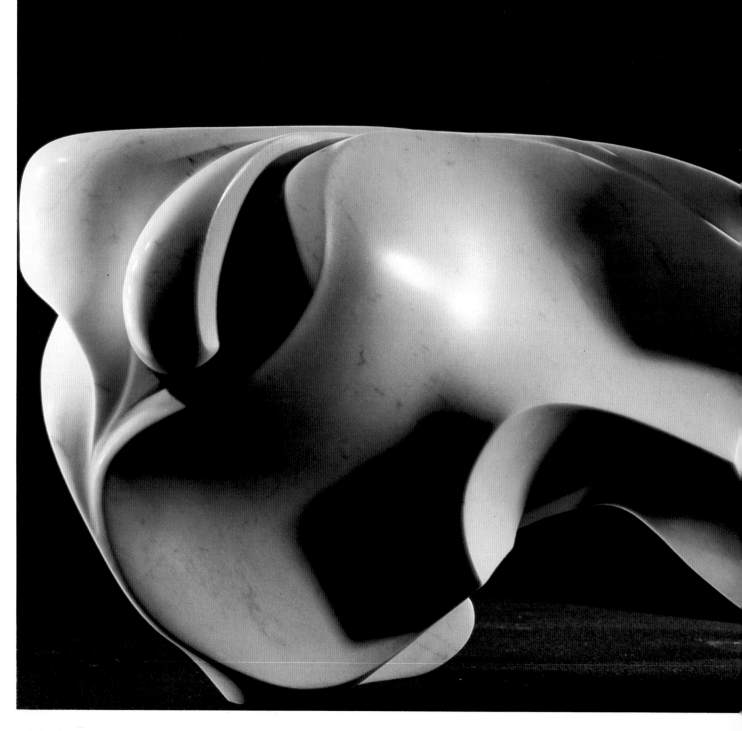

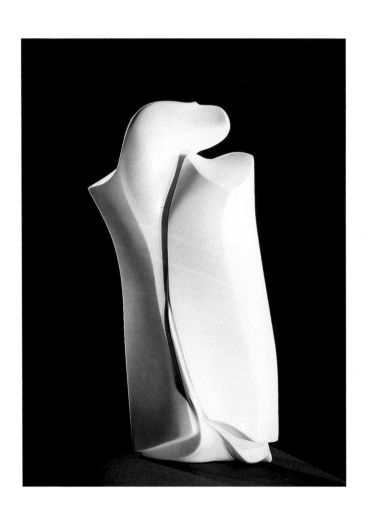

Hrepenenje, 1981
carr. marmor, 62 x 33 x 25

Hrepenenje XI, 1982
carr. marmor, 30 x 50 x 20

Hrepenenje, 1981
carr. marmor, 62 x 33 x 25

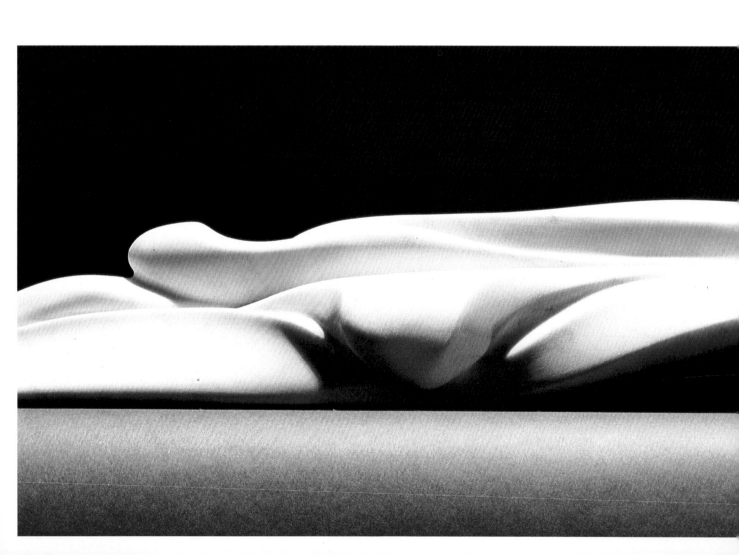

Novo rojstvo, 1982
carr. marmor, 9 x 65 x 17

Novo rojstvo III, 1982
marmor, 60 x 13 x 12

Prebujanje AB, 1982
carr. marmor, 103 x 26 x 19

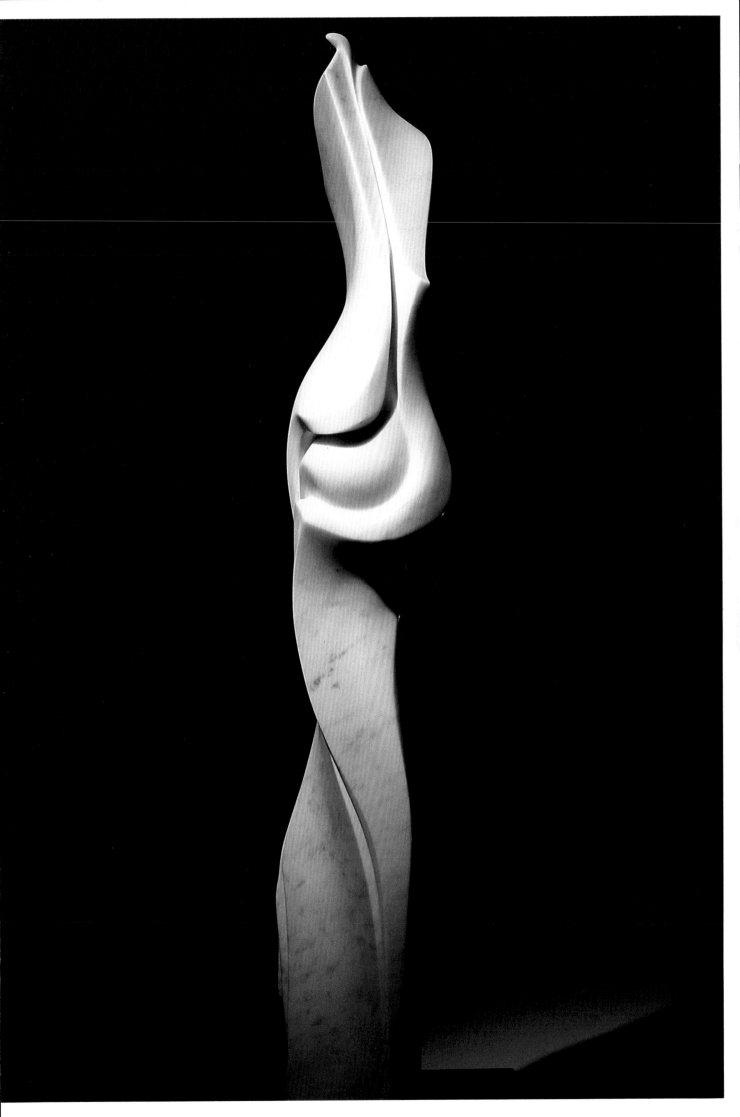

Negovan Nemec je pač in edini zares otipljivi vitalist v našem kiparskem ustvarjanju. Znal je vsemu živemu od rastline do človeka vdihniti svoje življenje, ki ga je hkrati izvabljal iz široko pojmovanih predlog.

V desetih letih, odkar nas je zapustil, se tudi med mladimi še ni oblikoval noben umetnik, ki bi ga lahko nasledil. Zato je simpatična misel, naj bi letos začeta kiparska šola poskusila vsrkati vase poglavitne lastnosti Negovanega živega snovanja. Srečna okoliščina omogoča, da se ta šola lahko dogaja prav v kiparjevem ateljeju, ki ga je dokončal tik pred smrtjo, v ateljeju, kjer je hkrati zbrana odločilna skupina Nemčevih skulptur in zasnutkov. Kar ni mogel umetnik uresničiti za življenja, se bo morda na drugačen način lahko odvijalo v prihodnje v šoli. Negovan Nemec tukaj seveda ne more biti korektor ali vzgojitelj, lahko pa je svetel vzgled za vse mlajše, zgled za visoko zastavljene cilje in pošteno delo tudi za ceno lastnega življenja.

Mladostna zvedavost VI, 1986
marmor, 7 x 12 x 9

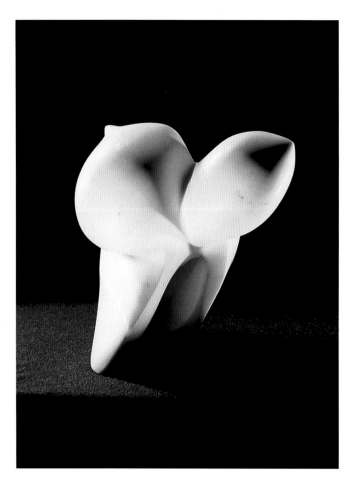

Neizpeta mladost, 1985
carr. marmor, 40 x 25 x 25

Mladostna zvedavost I, 1985
carr. marmor, 16 x 25 x 21

Mladostna zvedavost II, 1985
carr. marmor, 35 x 45 x 17

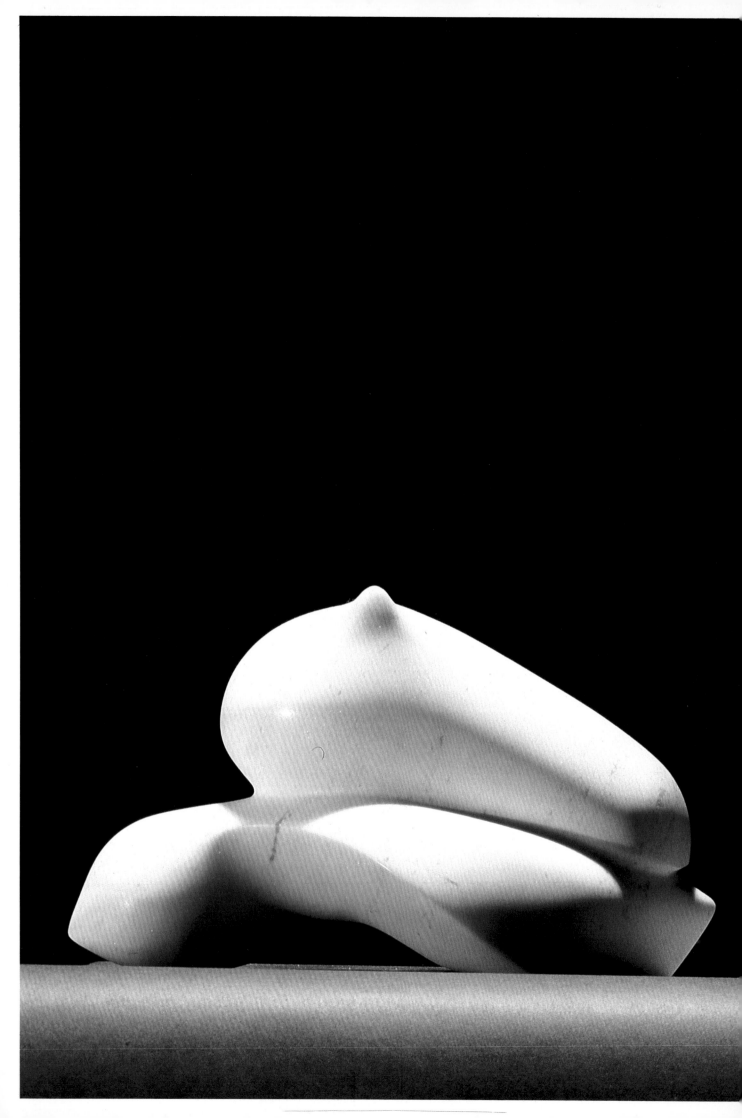

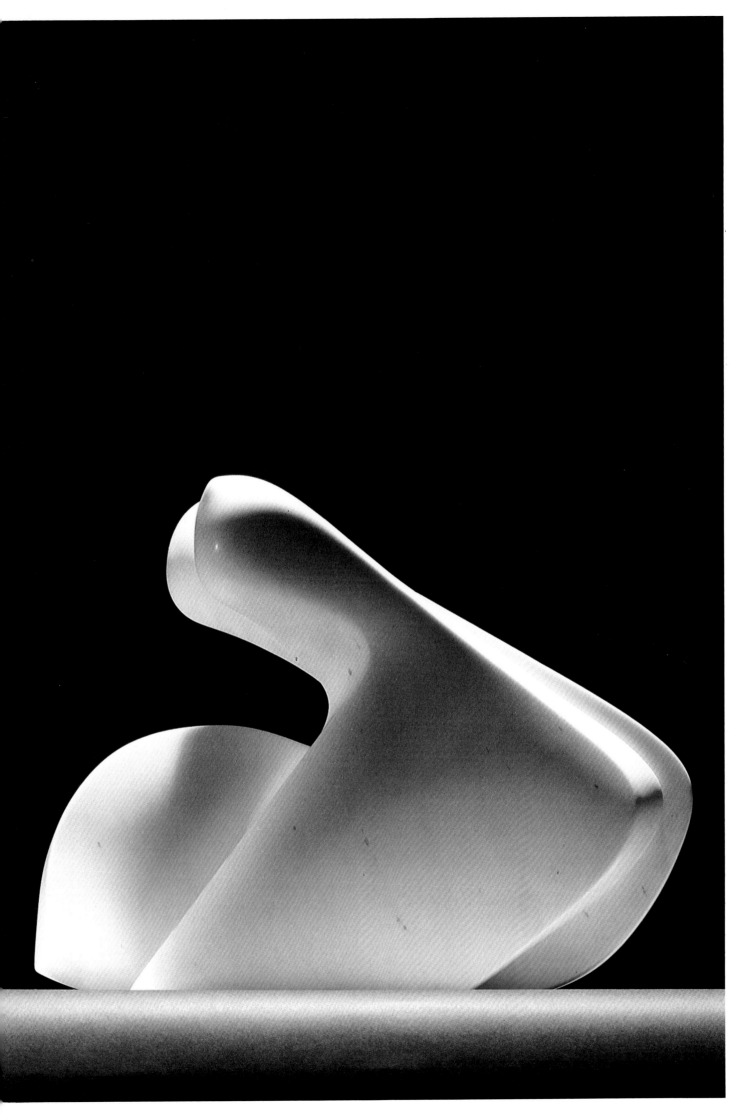

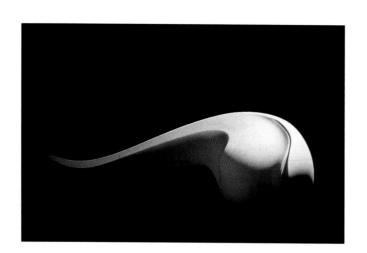

Mladostni zagon I, 1984
marmor, 28 x 73 x 24

Figura III, 1984
marmor, 16 x 34 x 17

Zorenje VI, 1982
bron, 10 x 28 x 8

Harmonija življenja I, 1986
bron, 45 x 20 x 30

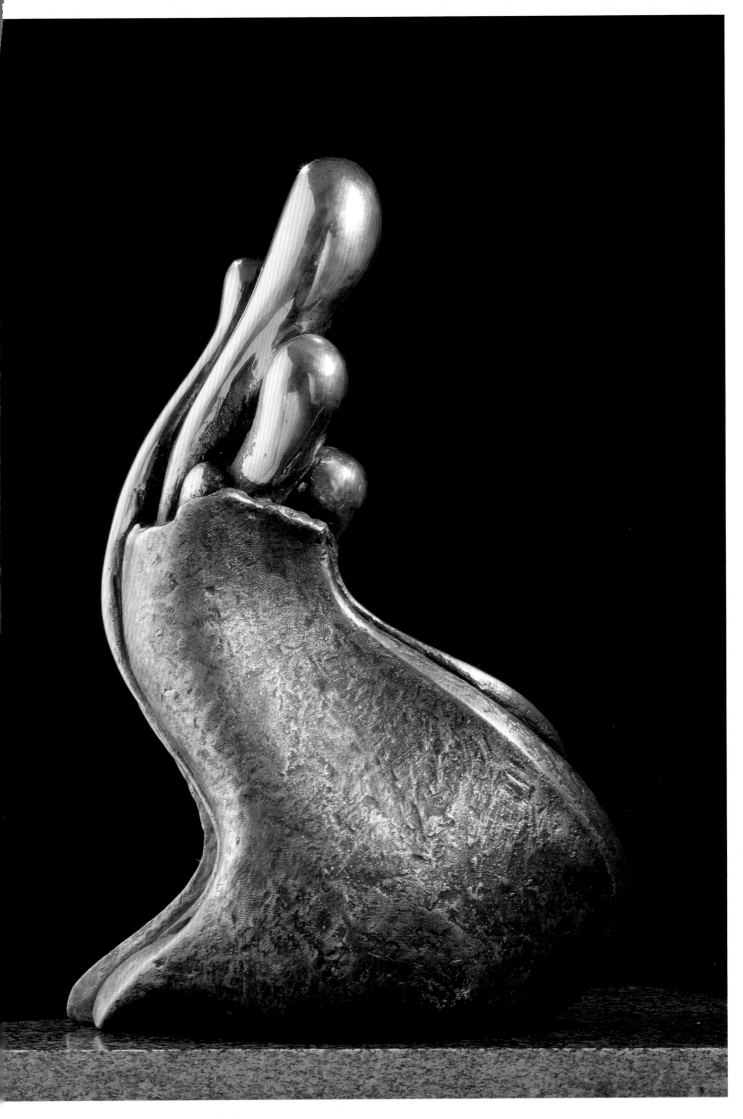

KIPAR
**NEGOVAN NEMEC**
POEZIJA V KAMNU
DESET LET POZNEJE

*ZASNUTKI*

*RISBE*

*GRAFIKE*

*OBLIKOVANJE*

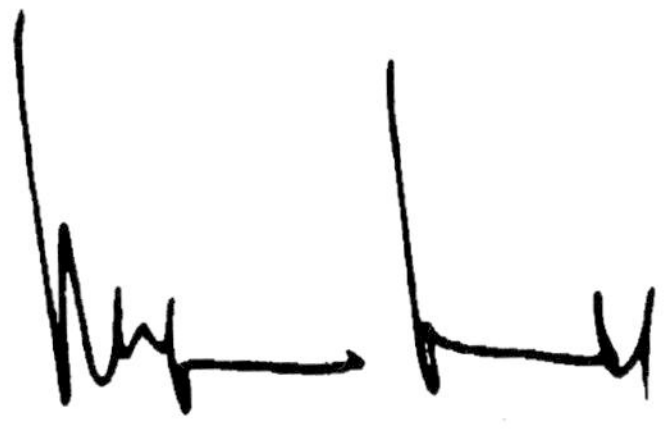

V zapuščini Negovana Nemca je ohranjenih obilo likovnih dokumentov, ki zaslužijo samostojno objavo. Med njimi so zasnutki za večje ali manjše kiparske stvaritve, posebej tuši za spomeniške načrte. To je razumljivo, saj kipar nenehno pripravlja in preverja svoja videnja še nerealiziranih objektov. Z njimi pripravlja zlasti tudi nove verzije snovanj, obenem pa na ta način rojeva tudi samostojnega življenja zmožne stvaritve. Od večjih projektov velja omeniti maketo za spomenik v Labinu, kjer zasnuje spomin na rudarje in rov z monumentalno vibo. Ohranjeni so prav tako modeli za druge spomenike, med njimi za uresničitve zamisli spomenika primorskim gradbincem. Ta izdelek je izjemno bogat, označil ga je kot Prebujenje.

V zapuščini najdemo celo vrsto risb, ki so namenjene izdelavi najrazličnejših raščenih oblik v različnih risarskih načinih. Mislim predvsem na risbe s preprosto "kiparsko" črto, ki je značilna za njegova snovanja.

Izpostaviti velja tri značilne dosežke zasnutkov. Naš kipar se je dvakrat uveljavil v širšem jugoslovanskem prostoru z nagrajenima modeloma štafetnih palic, ki sta zbudila veliko pozornost in umetniku prinesla vsestransko priznanje. Z njima je izpričal veliko nadarjenost tudi za oblikovanje. V isto smer sodi njegov drugi uspeh te vrste, maketa za prestižno posteljo, ki jo obrobljajo imenitni modelirani okviri iz zakladnice jeder. Negovan se je sicer dobro zavedal, da lahko nove dosežke v oblikovanju potrdi s prav prestižnimi zasnutki, kar se mu je tudi pri maketi postelje, razstavljene tudi na gradu Kromberk v imenitni likovni družčini muzejske galerije, v kateri je pomenilo vidno kakovost, posrečilo.

Negovanovi opisani uspehi v oblikovanju so segali še dalje, vendar je prezgodnja smrt preprečila nadaljevanje in razvijanje zastavljenih načrtov.

Med derivati njegove umetnosti ne moremo spregledati njegovih risb, ki so jih po smrti uporabili za odlične grafične liste. Posebnost te skupine izdelkov je topla rjava barvitost, ki daje stvaritvam poseben čar. Hkrati je barvasta grafika posreden dokument za tisti Negovanov poskus, da bi svoje kamnite kipe tudi barval. Gre za zamisel, ki jo je prav v zadnjem času izpeljal pri nas Stojan Batič v ciklu o Gilgamešu. Vsekakor moramo torej Negovanu Nemcu priznati prvenstvo v oblikovanju barvane plastike, ki torej presega terakoto.

Z opisanimi deli lahko sklenemo poglavitno smer ustvarjalnega dela našega kiparja, ki pa ji moramo nujno pridružiti še kar dolgo vrsto portretov pomembnih osebnosti z Goriškega. Portretov, kjer ni mogoče govoriti o kakih likovnih eksperimentih, marveč zlasti o pazljivem dokumentiranju fizičnih pojavnosti in duševnih profilih upodobljencev. O njih je Negovan sam dejal, da so mu naročila te vrste pomenila zlasti priznanje in dokaz za razumevanje njegove umetnosti v širokem krogu ljudi. Tudi s to serijo portretov se je Negovan vpisal med pomembne ustvarjalce portretnega opusa v slovenskem kiparstvu. Tukaj kaže spomniti, da bi bilo zamolčanje portretov zelo kratkovidno, saj nas je prav v zadnjih desetletjih izučilo, da se sredi na videz enakomernega toka v ustvarjanju pojavljajo tudi drugačne stvaritve, ki jih pravično lahko oceni samo čas, ne more pa jih do konca razčleniti in prepoznati naša misel.

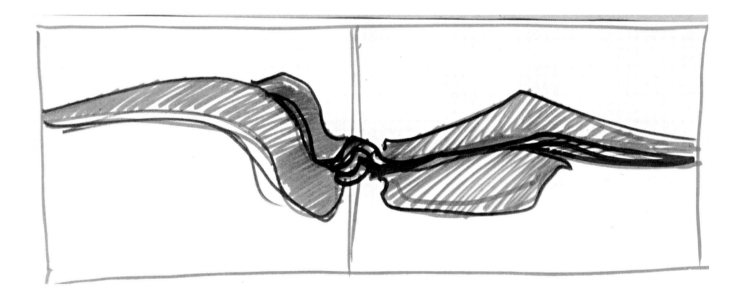

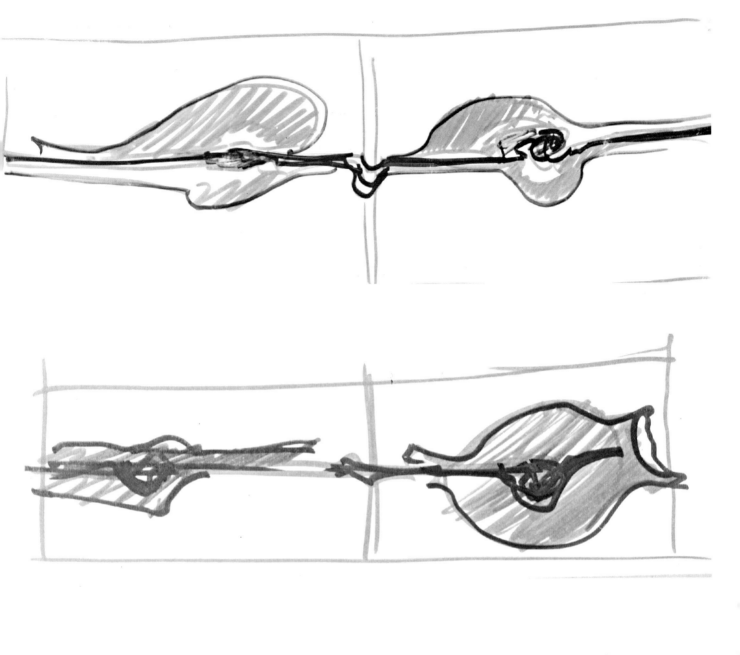
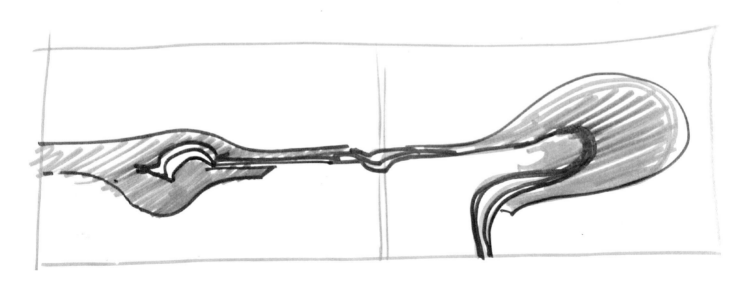

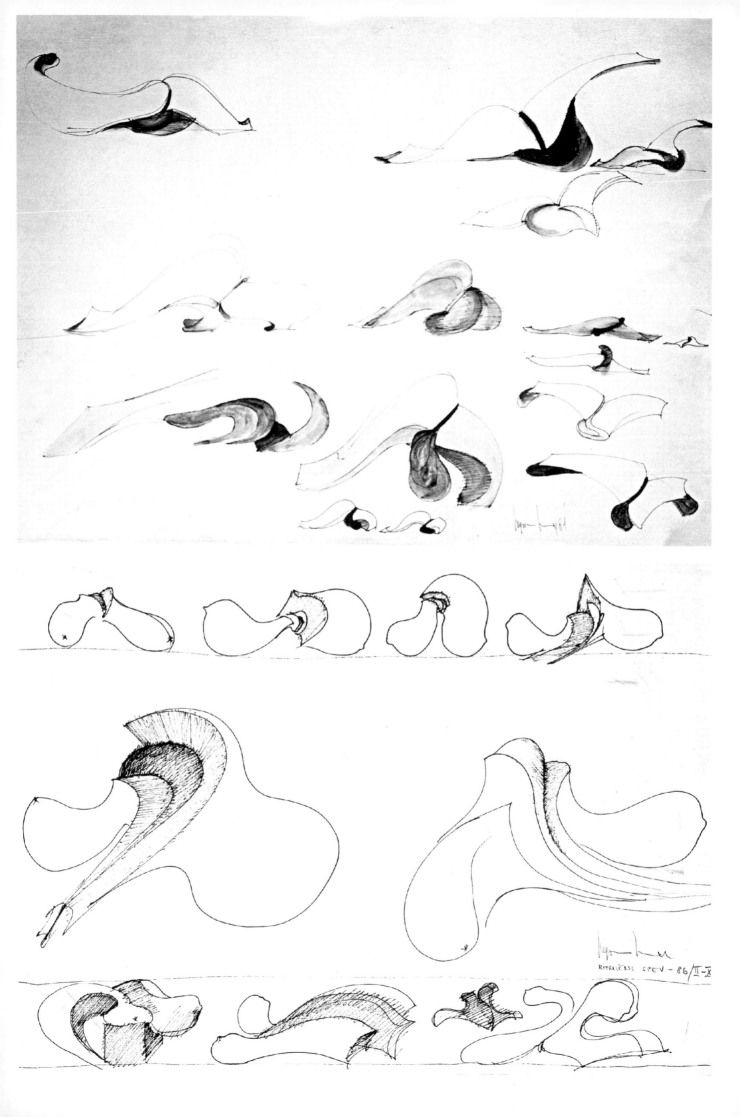

RITMIČNI SPEV - 86/II-X

93

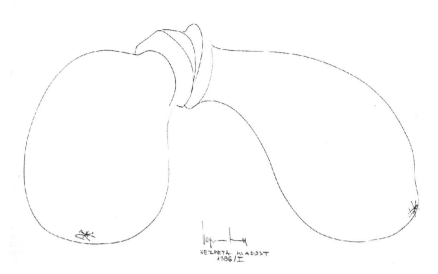

NEZPETÁ KLADOST
1386/I

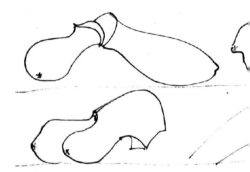

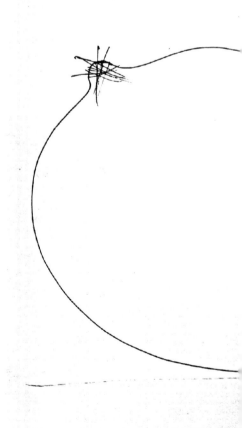

94

izziv 86/ IV

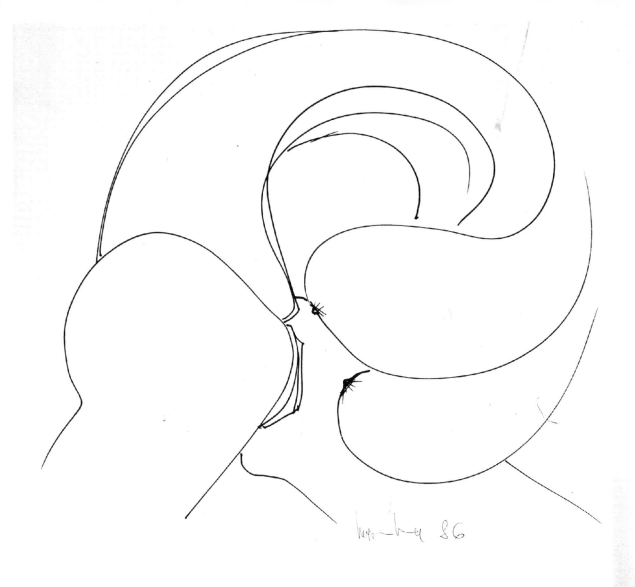

RITMIČNI SPEV — 86/J

Zagon, 1987
orig. kolorirana litografija,
50 x 70

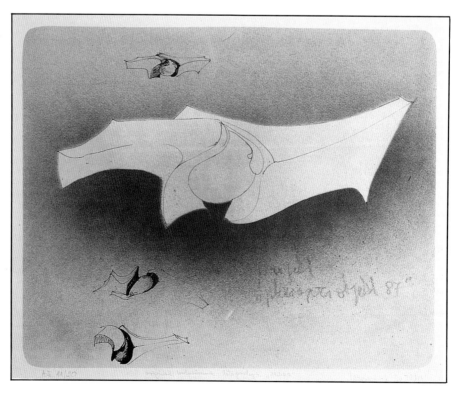

Jedro, 1987
orig. kolorirana litografija,
50 x 70

98

Zvezna štafetna palica, 1983
bron, 50 x 10 x 10

Maketa velike fontane, 1981
mavec, 27 x 60 x 60

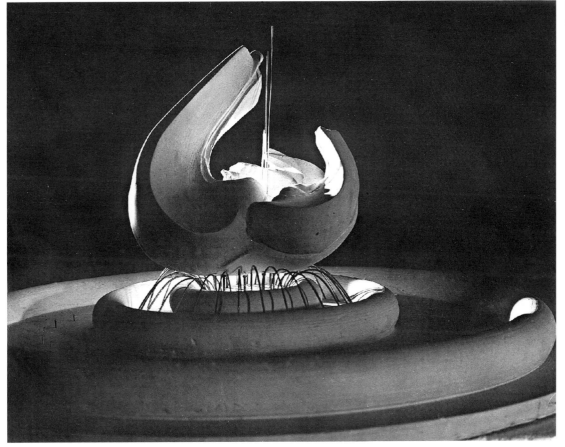

Prebujanje Revival (spalnica), 1985
bron, les
last: Tovarna pohištva Iztok, Miren

K I P A R
**NEGOVAN NEMEC**
**POEZIJA V KAMNU**
**DESET LET POZNEJE**

# V ČASU
# IN PROSTORU

## JAVNE PLASTIKE IN SPOMENIKI

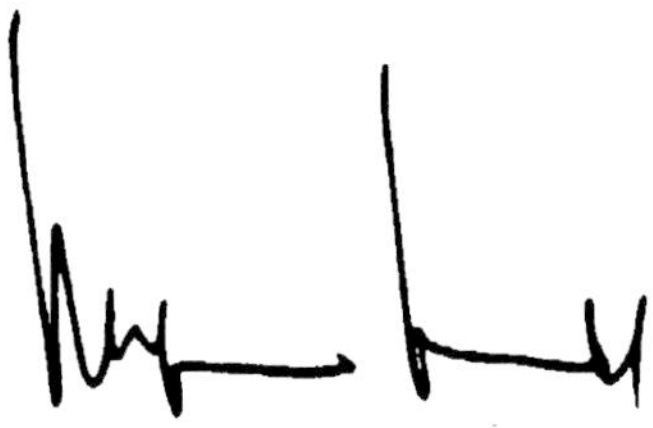

Najuglednejši del opusa Negovana Nemca predstavljajo njegovi javni spomeniki. Z njimi je osebno označil svojo rodno pokrajino na obeh straneh Soče, v Sloveniji in Italiji.

Besedilo o spomenikih je vpleteno v oris celotnega opusa. S tem je bilo doseženo, da jih nujno gledamo v najožji povezavi s celotnim kiparskim opusom, na ta način so predstavljeni kot organska sestavina njegovega življenjskega dela.

Vendar smo se hkrati odločili, da zberemo njihove reprodukcije v posebnem poglavju z naslovom Javni spomeniki. Semkaj smo uvrstili tako spomenike klasičnega značaja javne vrste na prostem kakor tudi javnim prostorom namenjene skulpture. Tudi taka odločitev je upravičena, saj imamo zdaj na enem mestu na voljo vse tisto kiparsko gradivo, ki je namenjeno javnemu ogledu, in je po pravilu seveda tudi izvedeno v večjih merah kakor v intimno rabo postavljena kiparska dela v zasebnih prostorih.

Spomenik padlim v NOB, 1975
beton, 350 x 170 x 170
nahajališče: Podgora (Piedimonte),
Italija

Spomenik padlim v NOB, 1971
beton-železo, 300 x 120
nahajališče: Gradišče nad Prvačino

Spomenik Ivanu Suliču-Carju in
soborcem,
1973
beton, 200 x 150
nahajališče: Bilje

Spomenik primorskim gradbincem,
1978
beton-železo,
nahajališče: Renče

Preboj, 1980
les, 140 x 270 x 310
nahajališče: Forma viva, Kostanjevica

Prebujenje, 1984
kamen, 300 x 120 x 130
nahajališče: Labin

Spomenik padlim, 1986
kamen, 160 x 310 x 165
nahajališče: Kromberk pri Novi Gorici

Spomenik padlim v NOB, 1985
kamen, 250 x 350 x 180
nahajališče: Šempeter pri Gorici

RAHA PADLI STE ZA DOMOVINO
EM BOJU: OČE. MATI. SIN.

BREZIMNI SE VPISALI V ZGODOVINO.
ZAZRTI V VEČNOST. KI JE NAŠ SPOMIN. CZLO

Spomenik diverzantom, 1985
kamen, 190 x 310 x 110
nahajališče: Nova Gorica

Spomenik pohodu XXX. divizije v Beneško
Slovenijo, 1984
kamen, 350 x 220 x 120
nahajališče: Kanal ob Soči

Spomenik padlim v NOB, 1984
kamen, 300 x 200 x 100
nahajališče: Rožna Dolina, Nova Gorica

## IKONOGRAFIJA KIPARSKIH DEL NEGOVANA NEMCA

Iz kratkega pregleda dela Negovana Nemca je tako, mislim, dovolj jasno razvidno, da celoten njegov opus druži motiv jedra. Motiv, ki je po zunanji podobi lahko zelo različen, ki ga včasih sploh neposredno ne vidimo, ki pa je vendarle nenehno navzoč. Zamisel jedra je tista osrednja vzmet Nemčevega kiparstva, ki jo tako ali drugače najdemo  v vseh njegovih ciklih. Tako že v zgodnjih ščitih kakor kasneje v jedrih v ožjem pomenu besede, a tudi v tako izjemnih skulpturah, kakor so stvaritve njegovega potresnega cikla. Pregled Nemčevega opusa je hkrati pokazal, kakšne zunanje oblike si nadevajo njegova jedra in s kakšno močjo so nabita. Spočetka so jedra na prvi pogled nevidna sestavina njegovih skulptur pod ščiti, kasneje si zlagoma utirajo pot izpod povrhnjic, dokler se popolnoma ne osamosvojijo v zadnjem obdobju, ko govorimo o belih ali živih kamnih. Te ugotovitve so, tako menim, popolnoma podprte z gradivom, saj jedra očitno sestavljajo rdečo nit v vseh obodobjih, ki jih je zgodaj preminuli kipar uspel živeti. Nadaljnja ugotovitev, ki sodi k temeljnim značilnostim Negovanovega opusa, je monumentalnost ali nagnjenost k monumentalnosti njegovih "figur". Teh figur včasih ni mogoče prav zlahka prepoznati glede na izvir. Gotovo pa drži, da je ves živi svet od rastlinja do človeka neposredni pobudnik Negovanovih stvaritev. Iz njegovih lastnih izjav je razvidno, kako je nenehno budno opazoval različne oblike porajanja in rasti življenja od rastlinskih popkov do ženskih prsi. Vse te motive je obravnaval kot dragocene priče življenja v našem okolju, kot priče, ki nas zavezujejo k povzemanju in na ta način ustvarjanju kiparstva, ki zasluži ime vitalnega. To je gotovo osrednji živec skulptur Negovana Nemca, saj imamo opraviti z živo gmoto v celoti ali v odločilnih sestavinah kiparskega opusa. Videli smo, da sodijo semkaj tudi prvine živega, ki pred našimi očmi umirajo.

Posebno pozornost zasluži ikonografija potresnega cikla. Z njim je umetnik dosegel stopnjo, ki je neposredno primerljiva z dramatičnimi kriki velike pesnitve Ekstaza smrti Srečka Kosovela. Vsekakor smemo v eni sapi imenovati imeni obeh velikih umetnikov naše moderne umetnosti, čeprav je med njima časovna vrzel, ni pa nikakršne vrzeli v vsebini, se pravi v ikonografiji in temeljnem načinu oblikovanja. Oba umetnika premoreta tako najnežnejše strune doživljanja in oblikovanja, a tudi skrajno ostrino oblikovanega ter pretresljivo življenje ekspresivnega naboja. Za potrditev te teze je mogoče navesti tudi lastne izjave obeh umetnikov. Oba sta znala odlično oceniti lirična obdobja in  sestavine umetnosti, oba sta se povzpela tudi do nepreslišnih krikov, sproženih tako iz notranjega življenja  kakor pobud časa, naj gre za katastrofo vojne ali poseg naravnih sil. Mislim, da je ta dvojica umetnikov s Krasa ali njegovega obrobja tako notranje povezana, da ni mogoče nobenega od obeh odmisliti.

Posebnosti oblikovanja obeh umetnikov prav tako nespregledljivo povezujejo oba velika ustvarjalca našega zahodnega roba nacionalnega ozemlja. Oba zelo trdno predstavljata hkrati možnosti svojega geografskega in kulturnega položaja. Za Kosovela je bilo ugotovljeno, da ga je mogoče razumeti samo s kraškega ozadja, kjer Mediteran sicer že čutimo, vendar ga čutimo na srednjeevropski način. Isto je mogoče reči za Negovana Nemca, zraslega na zahodnih obronkih krasa na Goriškem. Sam je o tem položaju lepo zapisal, da ga čuti kot posebno odliko, saj mu ob trdoti in hkrati liriki krasa dovaja pobude italijanskega oblikovanja, v katerem se dobro uveljavljajo trdne in mehke plati elegantne kiparske gmote. Zadnje je ne samo za Negovana Nemca, marveč za vsakega umetnika, temeljno pomembno. Zakaj že sama kiparska snov, materialna gmota, je nezamenljivo izhodišče slehernega kiparskega oblikovanja in dojemanja. Že po odlomkih te snovi kiparja lahko spoznamo. Tem lažje se to zgodi ob kiparju, kakršen je Negovan Nemec, ki je z življenjem napolnil sleherni košček svojih izdelkov. Na srečo celo v obdobju, ko je naša umetnost kot celota težila od natančno prepoznavnega do abstraktnega. Mesto našega kiparja je namreč prav na sredi med tema poloma. Na ta način že po temeljnem občutju dokazuje svoj izvor in zaznamuje svoje možnosti. Tudi te vloge se je naš kipar zelo dobro zavedal, saj je večkrat spregovoril o svoji pedagoški vlogi med naročniki, ki jim je moral približati možnost za bolj abstraktno likovno govorico.

Treba pa je poudariti še neko posebno lastnost našega kiparja, ki teži k monumentalnosti tudi v plastikah najmanjših mer, še celo pa se lahko izpoje v velikih formah, kakršne so mu omogočala naročila javnih spomenikov. Po teh in drugih značilnostih lahko opredelimo delo Negovana Nemca kot tipično in reprezentativno za kraško in goriško kiparstvo, delo našega umetnika pa za najmanj zelo kakovostno izpolnjevanje regionalnega programa, kakršnega so zastavili že kiparji generacije njegovih starejših učiteljev z Goriškega.

Negovan Nemec je potemtakem pomembna postava sodobne slovenske umetnosti, ki še danes uspešno združuje značilnosti naše umetnosti na zahodnem robu slovenskega ozemlja ter ostaja pobudnik za prihodnja dela nadaljevalcev goriškega izročila. Tudi njega lahko na svoj način imenujemo goriškega slavčka, ki s ponosno besedo kakor nekoč Gregorčič in z občutljivim srcem kakor nekoč Kosovel ponuja svoje žrtvovano življenje sodobnikom in zanamcem.

Nace Šumi

Novo rojstvo, 1987
kamen, 350 x 70 x 70
nahajališče: Sežana

NEGOVAN NEMEC
POETRY IN STONE
TEN YEARS ON

NEGOVAN NEMEC
POESIA IN PIETRA
DIECI ANNI DOPO

Some time ago I called an important part of Negovan Nemec's work, which was greatly valued by the artist himself, white or live stones. The sculptor dedicated most of his time to working in stone, mostly Carrara marble. He had great respect for stone and he described his attitude towards this noble material in several important passages which are, in themselves, unusual for Slovene artists. I wish to quote some of them.

One has to be prepared for stone, just like a sportsman has to be prepared for the start of the competition. When you stand in front of stone, you must feel it. Sculpture must have its own life. If the sculptor is not prepared, he does not enjoy sculpting, since the effort is simply too great. It is a dirty job. When you shake your clothes, you create a cloud of dust. You can't work with the grinder six hours a day. For grinding, I use three fingers. It is impossible for three fingers to endure five hours of grinding. For this reason I work on different stages of four or five sculptures at the same time. I never try to calculate how much I need to make a sculpture. I simply want to finish it to the extent that I am satisfied with my work. One's attitude towards creativity must be that of sincerity. Creativity is a serious but also experimental matter. Playfulness comes in when I make models and when I draw; I am relaxed. But this is not so with stone. Here, I must be careful not to destroy the inner balance. When stone is brought over, I welcome it as a dear guest who must be greeted with respect.

Stone has its own character; it must merely be established whether we can find a common language. Will it be prepared to "have a word" with me so that a sculpture, which I have already sketched on paper or modelled in plaster, may be brought to life? I am not afraid of stone, but I am afraid that I might injure it beyond repair. A hasty move can wipe off the entire value of stone. As a man, I stand small in the face of such an imposing work of nature. It therefore takes some time before I can make the first incision in stone. But when I do, we immediately clash - like two powerful opponents. Stone is hard, but not unconquerable, and when it surrenders, it gives me the most it can, for it knows that I enjoy my work. Now it sings to me, I have tuned it and I bring the block of stone I have chosen to life.

Stone, which waits for me to work on it, which charges me with impulses of unknown energy, which I cut and rescue from the redundant mass, is the stone of knowledge. I speak of mutual aggression, displayed by stone towards me and by myself towards stone. But in reality, it is a dialogue, which is all the more beautiful because I am prepared for it.

I have tackled large blocks of stone. This struggle is my Karstic Lord's Prayer made of stone. This is the material with which I have lived, which I have come to know and experience in different ways. With stone, I live and grow. Stone has this effect on me, so that I cannot leave it half done. I must bring it to life. My dialogue with stone is honest, sincere. I make stone sing to me gently.'

These words are the credo of the sculptor's world view and his work. They deserve a more detailed analysis, for they are his own explanation of his work, referring to the fundamental levels of sculpting as a form of creativity. Of particular importance is his idea of dialogue, which obviously represents the foundations for the production of harmonious form. The notion of turning stone into music and the gentle melody of the selected material is equally typical of the sculptor. It is a way of leaving a distinguishable mark on white or live stones. Nemec did not say or write anything remotely similar about any other material he used, although he mastered clay and metal with the same skill and pleasure as stone. But he could give an excellent appraisal of the material used by other artists and craftsmen from their surroundings. From the

Tempo fa ho indicato come "pietre bianche" o "pietre vive" quella parte piuttosto consistente delle opere di Negovan Nemec, a cui egli teneva molto. Negovan realizzò la maggior parte delle proprie opere in pietra, soprattutto marmo di Carrara, manifestando un grande rispetto per questo materiale ed esprimendo sui propri rapporti con esso alcune considerazioni molto significative, alle quali cercheremmo invano di trovare riscontro presso altri nostri scultori. Mi limito perciò a riportare le sue parole.

"Si deve essere preparati ad affrontare la pietra, come un atleta la gara. Quando ci si trova davanti ad essa, la si deve "sentire" e la scultura deve "vivere". Se lo scultore non è preparato, il lavoro non gli procura piacere, perché gli costa molta fatica. Questo è un lavoro sporco: quando ci si muove, ci si scrolla di dosso una nuvola di polvere. È difficile usare la levigatrice per sei ore al giorno. Quando lo faccio, mi servo solo di tre dita; e poiché è impossibile resistere a questo sforzo per cinque ore di seguito, lavoro nello stesso tempo a quattro, cinque sculture, a ognuna in una fase diversa di lavorazione. Non ho mai provato a tenere il conto di quanto tempo impiego per una scultura. Smetto solo quando raggiungo un tale livello di perfezione da essere contento di me stesso. Il rapporto con l'atto creativo deve essere franco. La creazione è una cosa seria, anche quando si tratta solo di esperimenti. Si può giocare con i bozzetti: quando disegno, lo faccio liberamente. Con la pietra è diverso. Si deve fare attenzione a non rompere l'equilibrio interno. Quando mi portano la pietra, la accolgo come un ospite gradito, che bisogna ricevere con rispetto. La pietra ha un suo carattere: occorre soltanto vedere se si riesce a trovare un linguaggio comune. Sarà disposta a "dialogare" con me, a permettermi di realizzare la statua che ho già ho abbozzato prima sulla carta e poi nel gesso? Non temo la pietra, ma temo di procurarle un "dolore" irreparabile, poiché con un intervento sconsiderato si può svilirla. Mi sento solo un piccolo uomo di fronte a un elemento così imponente della natura, perciò passa un bel po' di tempo prima che io la scalfisca. E quando lo faccio, ci affrontiamo come due forti avversari. La pietra è dura, ma poi si arrende e la concede completamente, perché sa che io provo piacere nel mio lavoro. Allora sembra che canti; io la accordo e le infondo la vita.
La pietra che attende il mio intervento, che suscita in me impulsi di energia sconosciuti e che io incido per toglierne via il superfluo, è in realtà la pietra della conoscenza. Ma io parlo di un'aggressione reciproca, della pietra a me e di me a lei: in verità si tratta di un dialogo, che è tanto più bello quanto più mi sento preparato ad affrontarlo. Ho affrontato dei grandi blocchi di pietra. Questo è il mio padrenostro di pietra carsica. Questo è il materiale con cui io convivo, che conosco e che percepisco variamente. Io vivo e cresco con la pietra. La pietra non mi consente di lasciare il lavoro a metà, devo infonderle la vita. Il mio dialogo con lei deve essere franco e onesto, devo farla cantare dolcemente."

Queste parole costituiscono un vero e proprio credo dello scultore e meriterebbero un'analisi minuziosa, poiché con esse l'autore illustra il proprio campo d'azione e coglie nel pieno l'essenza dell'arte scultorea. Particolarmente importante appare l'idea del dialogo, che rappresenta il requisito fondamentale per raggiungere dei risultati equilibrati nel modellato. Non meno caratteristica appare l'osservazione sull'accordatura della pietra e sulla dolce melodia emessa dal materiale prescelto. In questo modo le cosiddette "pietre bianche" o "pietre vive" vengono siglate in modo originale, poiché Negovan Nemec non ha mai detto o scritto niente di simile di nessun altro materiale, benché abbia giostrato con il gesso e con il ferro in modo non certamente meno abile e piacevole. In questo modo ha caratterizzato magistralmente, con riferimento al materiale usato, gli artisti e gli artigiani del suo ambiente. Da quanto è stato detto appare però chiaramente che la pietra, e specialmente il marmo, è stata per Negovan Nemec un materiale ideale, perfettamente adatto al suo impegno di scultore.
"Scolpire per me significa creare, infondere vita a forme che esprimono la mia visione interiore. Significa anche dare una risposta ai problemi di contenuto e di forma che mi agitano, e mi costringono a manifestarli per mezzo di questa "pietra bianca",

NEGOVAN NEMEC
POETRY IN STONE
TEN YEARS ON

NEGOVAN NEMEC
POESIA IN PIETRA
DIECI ANNI DOPO

above, it is clearly evident that stone, particularly marble, was for him a perfect material worthy of his and any other sculptor's attention.

Creating means sculpting to me, bringing forms, as vessels of my inner intimate vision, to life. It means solving the contextual and formal questions which agitate me and force me to express them. It is my confession in white stone, living the life which I give to it. The subject matter is created spontaneously, subconsciously, often as a challenge to everything which surrounds me, evokes something in me and excites me, which ennobles me and makes me happy. I draw from life, I form a certain moment which, for me, is highly charged and unique. A moment full of drama and creativity, a moment when all those inner and outer forces clash and conquer each other, transforming, deforming and formulating a new visual form. There is no creativity without true imagination. Imagination formulates, purifies and directs a certain problem through creativity. It is the pulse of any artistic activity.'

The sculptor also commented on composition.

You think, add, draw ... open, formulate. Why search for all these different possibilities? It depends on stone. Sculpture does not live in the same way vertically and horizontally. It is this dynamic that I am interested in. I make a multitude of small sketches for a single sculpture. I think about what would happen if a reclining, closed form appeared in a vertical composition in order to embrace the core.'

Of course, Nemec told us much more about his work and creativity in general. But with regard to the above, it is possible to conclude that his views on creativity and his attitude towards his favourite material are complete and indicative of the philosophy of a mature artist.

In Negovan Nemec's studio a large number of drawings from the time of his studies at the Ljubljana Academy of Fine Arts is preserved. Similar collections are probably kept by all former students of the Academy. But it must be pointed out that his are works of extremely high quality, speaking of his exceptional talent and knowledge. His drawing is accurate, sensitive and in many ways already characteristic of his later work. Such typical elements are the perfection of the line, which speaks of the artist's great confidence and knowledge of anatomy. Another characteristic, which of course is not only to the sculptor's credit, is the selection of perfect bodies, drawn not only with great skill but also with love. But above all, these drawings reveal the artist's sense for the organic contours of the body, which is a special quality of Nemec's entire opus.

Nemec graduated from the Academy as a successful student and an artist who was already well known. He was one of those who, even during their studies, earned such esteem for their work that they were given the Prešeren Student Award. Nemec earned his with a series of self-portraits, two of which were displayed in his studio in Bilje. One of them was even published on the cover of his monograph in 1991.

It is a self-portrait of a young man, highly characteristic of his sculpture. It is a completely mature work which both heralds and summarises the essential quality of his formal work and brings to life a spiritual portrait of the young sculptor. Nemec is true to his physical appearance, but he models the individual portions so that, in a highly original way, they compose a harmonious depiction of prominent cheekbones and a slightly stubborn face. The protrusions descend softly into hollows and the portrait is crowned by his characteristically abundant hair, which gives particular dynamism to the work.

che vive la vita che io le infondo. Il contenuto germoglia spontaneamente, inconsciamente, spesso in contrasto con tutto ciò che mi circonda, che mi stimola e mi provoca, mi nobilita e mi rallegra. Attingo dalla vita, da un suo momento ben preciso, che per me è il più fecondo, unico e irripetibile; da un momento carico di tensione e di forza creativa, in cui si affrontano e si superano tutte quelle forze interne ed esterne che concorrono a modificare, alterare, plasmare ogni nuova soluzione formale. Senza immaginazione non esiste vera creatività. L'immaginazione aiuta a formulare, spiegare e impostare un problema nella sua fase iniziale: essa rappresenta l'impulso primario di qualsiasi creazione artistica."
E a proposito delle proprie composizioni, lo scultore si è espresso in modo ancora più dettagliato:
"Si riflette, si rifinisce, si indugia...si scopre, si modella. Perché si ricercano tutti questi cambiamenti? Dipende dalla pietra. La scultura non "vive" allo stesso modo quando è verticale e quando è orizzontale. Tutto ciò mi interessa. Per ogni scultura faccio una grande quantità di schizzi. Penso a come sarebbe se accanto a quella verticale...comparisse anche una forma orizzontale, chiusa, che abbracciasse quel nucleo."
Negovan Nemec ha detto ancora molte cose a proposito del proprio lavoro e delle proprie idee sulla creatività. Ma già da ciò che abbiamo riportato appare chiaro che il suo atteggiamento nei confronti della creazione artistica e del suo materiale scultoreo preferito è molto coerente, e rivela una concezione estetica degna di un artista perfettamente maturo.

Nell'atelier di Negovan Nemec viene conservato un rilevante numero di disegni risalenti al periodo in cui frequentava l'Accademia artistica di Ljubljana. Raccolte simili si trovano certamente in possesso anche di alcuni suoi studenti. Bisogna dire subito che si tratta di lavori di buona qualità, che testimoniano il suo talento e la sua preparazione. I disegni sono precisi, delicati, sotto molti punti di vista simili a quelli degli anni più tardi, specialmente per quanto riguarda la sicurezza del tratto, che rivela un artista molto consapevole ed esperto conoscitore del corpo umano. Un'altra caratteristica, che non è però attribuibile soltanto ai meriti dello scultore, è la preferenza accordata alla pienezza delle forme, che sono rese con amorevole perizia. Questi disegni rivelano però soprattutto quella conoscenza dello sviluppo organico del corpo, che ha sempre costituito un tratto distintivo dei lavori di Nemec.
Negovan portò a termine gli studi accademici con ottimi risultati, e fu tra quegli allievi che con il proprio lavoro si erano procurati una tale stima da meritarsi il premio Prešeren per gli studenti.
In quella occasione egli effettuò una serie di autoritratti, di cui due si trovano nell'atelier di Bilje, mentre uno è stato pubblicato nel frontespizio del volume sulla sua opera edito nel 1991.
Si tratta del ritratto di un giovane uomo, un tema molto caratteristico della sua scultura, ed è un'opera perfettamente matura. Un lavoro che preannuncia e nello stesso tempo riassume l'essenza delle sue concezioni formali, e che rende con vivacità l'immagine spirituale del giovane scultore. Negovan asseconda fedelmente i propri tratti fisici, ma poi manipola le singole parti alla maniera che gli è propria, facendole confluire in un'immagine equilibrata, che si caratterizza soltanto per gli zigomi sporgenti e il mento un po' caparbio, in cui le parti in rilievo si fondono dolcemente con quelle in cavo. L'insieme appare coronato dalla caratteristica zazzera dell'artista, che costituisce la parte più mossa della scultura.
L'accentuazione degli elementi plastici strutturali è visibile anche nelle opere più antiche di Negovan Nemec, come nel suo monumentale contributo al gruppo scultoreo posto sulla salita di Štanjel, dove il giovane artista aveva organizzato un simposio di scultura. La pietra fu perciò senz'altro il primo materiale affrontato da Nemec con buoni risultati, quando era ancora studente. Per questo motivo, le sue osservazioni riguardanti questo nobile materiale sono state collocate all'inizio di questo scritto.
Le prime sculture, specialmente i ritratti sopra descritti, annunciano quasi programmaticamente le concezioni formali e il credo

NEGOVAN NEMEC
POETRY IN STONE
TEN YEARS ON

NEGOVAN NEMEC
POESIA IN PIETRA
DIECI ANNI DOPO

The prominence of the chief plastic elements is already known from Nemec's earlier work or, to be more precise, from his monumental contribution to the group of stone sculptures on top of a hill in Štanjel, where the young artist organised a sculpture symposium. Stone was therefore the first material which Nemec mastered when still a student. For this reason, his statements about his attitude towards this noble material are set at the very beginning of this text.

His first sculptures, particularly the self-portraits, anticipated the sculptor's future work and his credo, which reveals his awareness of his roots on the border between the Slovene and Italian worlds of form, on the border between Central Europe and the Mediterranean. Later, he also worked in other materials, but it is obvious that stone remained his permanent and highest ideal. In it he achieved an expressiveness which can be described as a supreme creation. In it he sang his most beautiful songs.

Nemec could already be compared with his idol at his very entry into the world of art, an idol from the past who was nevertheless his contemporary in subject matter. This was the poet Srečko Kosovel, whom he greatly admired and loved, and to whom he later erected an excellent monument in Hruševica, which at the time could not receive the praise it deserved.

Nemec felt religious respect and fear for stone, but at the same time he managed to seal an intimate friendship with the material.

The deepest thought from Nemec's statements about stone may be that which speaks of the stone of knowledge. I know of no other Slovene sculptor who has expressed such a clear and well-formulated statement about his work and the possibilities it presents, or granted such access to the deepest levels of his thought and work.

Nemec's work grew in series, as is usually the case. The first group of series encompasses the theme of shields, at the time a popular subject, which in Nemec's case was intimately connected with his experience of the national liberation struggle during the Second World War. Today, when attempts have been made to render this particular historical memory relative or even meaningless, Slovenes from the coastal area in particular, who from the 1920s to the end of the Second World War were exposed to Italian Fascism, defended their unalienable right to exist as a nation for to them, this represents both an acknowledgement and a confirmation of their humanity and dignity. Again, Nemec's own thoughts on this must be read in order to become fully aware of the scope of these people's awareness of their adherence to a nation which desires to live, and of the sacrifices which were made for this basic right.

Nemec produced several sketches for his first monument, which took the form of a shield. Two of these sketches are preserved in the sculptor's studio.

Nemec wrote an excellent description of his first public work and its significance. His account and explanation of the monument is contained in the following passages.

'Shape. Plane, highly varied, radial cross-section, penetrations, hollows, spasms and finally peace.

Meaning: in 1941 an uprising started, the life and death struggle. Peaceful existence, miserable and slave-like as it was, was disturbed. This was followed by human misfortune, famine, arson, destruction of property and death. The struggle grows increasingly violent, but towards the end of the war, it calms down. Victory is drawing near, liberty, peaceful life. Shield. Symbol of defence

di uno scultore che si rende conto di affondare le proprie radici in un terreno situato al confine del mondo delle forme sloveno e quello italiano, al confine tra la Mitteleuropa e il Mediterraneo. In seguito si è cimentato anche con altri materiali, ma appare chiaro che la pietra è rimasta per lui il materiale più nobile e duraturo. Con essa ha raggiunto quella forza espressiva che caratterizza i capolavori, con essa ha intonato i suoi "canti" migliori.

In questi primi passi nel mondo dell'arte, ci sembra lecito paragonare Negovan Nemec al suo modello ideale: il poeta Srečko Kosovel, lontano da lui nel tempo ma vicino nei contenuti, che egli amò e stimò molto e al quale costruì più tardi un monumento eccezionale a Hruševica; monumento che non doveva però ottenere allora il riconoscimento che si meritava.

Negovan Nemec manifestava per la pietra un rispetto addirittura religioso e anche un po' di timore; nel contempo instaurò con essa un legame intimo e amichevole.

Forse il pensiero più profondo espresso da lui sulla pietra, è quello che riguarda la pietra della conoscenza. Non conosco alcun altro tra i nostri scultori che abbia espresso delle considerazioni così chiare e ponderate sul proprio lavoro, sulle proprie possibilità e sulla capacità di penetrare nelle sfere più intime del pensiero e dell'attività artistica.

L'opera di Negovan Nemec, come accade spesso in casi simili, si dispiegava in cicli perfettamente conclusi. Alla prima serie di questi cicli appartengono gli Scudi, un tema allora molto attuale, che per Negovan appare strettamente legato al modo in cui egli percepiva la Lotta di Liberazione. Oggigiorno, mentre alcuni tentano non solo di relativizzare il ricordo di quel periodo storico, ma addirittura di rimuoverlo, vediamo che gli Sloveni, e in particolare quelli del Litorale, esposti tra gli anni 20 e la fine della seconda guerra mondiale ai pericoli del fascismo italiano, si schierano con decisione a difesa dell'inalienabile diritto alla propria esistenza e alla vita nazionale, poiché ciò rappresenta per loro il riconoscimento e nel contempo la riconferma della loro dignità di uomini. Bisogna leggere ciò che Negovan ha scritto su questo argomento, per renderci conto di quanto sia profondo il senso di appartenenza a una nazione che vuole continuare a vivere, e quanto siano state necessarie le vittime che hanno assicurato questo fondamentale diritto.

Negovan Nemec ha preparato diversi schizzi per il suo primo monumento, che è stato ideato in forma di scudo. Due di questi si conservano nel suo atelier. Egli stesso ha descritto magnificamente il suo primo lavoro pubblico sotto l'aspetto del contenuto e dei suoi significati nelle seguenti frasi:

"La forma. Una superficie molto articolata, un taglio radiale, intrusioni, vuoti, spasmodiche contorsioni, quiete finale.

Il significato. Nel 1941 inizia la Resistenza, la lotta per la vita e per la morte. La vita che scorre tranquilla, anche se misera e asservita, si fa movimentata. Inizia un periodo di angustie, miseria, incendi, distruzioni, morte. La lotta si accentua per poi diminuire verso la fine della guerra, si avvicinano la vittoria, la libertà, la vita tranquilla. Lo Scudo. Simbolo di difesa e di guerra, con cui gli eroi si avviano alla battaglia, si proteggono il capo, il petto, il cuore, la vita. Il significato: come ha combattuto il nostro villaggio? Dove e come abbiamo trovato le armi per combattere, e com'era la difesa? Una dura vita di lavoro ha consentito alla gente di resistere e di combattere. La fedeltà alla propria stirpe, la fiducia in se stessi, la preparazione ad affrontare le maggiori difficoltà erano le armi di offesa e difesa con cui la gente si recava alla battaglia, e con esse ha vinto perché doveva difendere la propria vita, i propri averi, l'esistenza della comunità di villaggio e quella propria.

La luce: la notte il monumento viene illuminato dall'interno, nella parte inferiore la luce appare smorzata, rifranta, sul davanti brilla come quella di un faro. Anche il falò brilla. Il significato: il desiderio di vita e l'aspirazione alla libertà sono indomabili. Si può limitarli, trattenerli, reprimerli per un po' di tempo, ma soffocare mai, perché tendono ad aprirsi il varco attraverso ogni fessura, fino a risplendere con tutta la loro forza, riaffermandosi pienamente.

and combat. With it, heroes go to war. It protects their head, chest, heart, life.

Meaning: how did our village struggle? In what and where did it find its weapon for combat and what was its defence? Hard life and work enabled people to survive and fight. Devotion to one's nation, faith in oneself and readiness for any hardship were the weapon and the shield. People armed themselves with them for war, and won. They had to defend their basic existence, property, village community and themselves.

Lighting: in the night, the monument is illuminated from the inside; along the lower edge, light is diffused, while in the foreground it comes from floodlights. The glow of the bonfire.

Meaning: the will to live and the desire for freedom are invincible. They may be temporarily impaired, obstructed and oppressed, but they are never defeated. They come to the light of day from every crack, until they fight their way out, where they glow with all their might and claim their own.

At first, the liberation struggle of the villagers was concealed, but it later spread and flared up like a bonfire out of control.

Surroundings: the shield is placed in the arranged surroundings of a lawn, low embankment and walls of houses. The centre of the village is intimately arranged.

Meaning: the war is nothing but a painful memory now; life is peaceful and taking its normal course. Work and peace are reinstated in the village. The war did not bring only victory; it also left deep traces behind it. Proof of the skill and strength of the nation defending its freedom and rights, a sad memory of the war years, burnt houses and human victims. All this is preserved in the memory bay of the village. The shield now rests peacefully in the centre of the village, in the shelter of some kind of quiet bay, where it teaches and serves as a reminder.

Colours: the middle part of the monument is a combination of white and black, surrounded by the tender green surface of the lawn, which is in turn surrounded by the grey and white wall and by white houses.

Meaning: white and green prevail. They represent young growth and peace. These two fundamental values of life are based on co-operation and understanding between people. But in the middle of all this, the bitter memory of victims, the prize paid for the nation's freedom, lives on. The blackness of memory.

At the end of the description of the monument, another of its characteristics must be pointed out which may not be all that obvious at first glance. Although it is not specifically emphasised, it is unavoidably present. The shield is in fact a concealed core and is therefore connected with the artist's next series of works. I did not mention this in the 1991 book. The core is completely concealed under the coat of the shield, but at night, when it is illuminated, it is revealed as hidden content. This aspect of the monument is therefore noticeable only under special circumstances; it nevertheless laid the foundations for the procedure which led the artist to his next series of works.

The monument in Gradišče is the first work to straddle the artist's shields and cores series, and is therefore of particular significance. It is true that in their basic meaning, cores are based on the theme of organic form, through which an organic core is fighting its way out. Therefore, the core no longer consists of only dead elements, with the exception of the "decoration" on the shield, but is a completely organic body which, step by step, draws back the curtain

La lotta per la Liberazione condotta dagli abitanti del villaggio appariva dapprima trattenuta, ma poi crebbe e avvampò in un incendio indomabile.

L'ambiente: lo Scudo è collocato in un ambiente ordinato, circondato da un'oasi di verde, da un basso muro di recinzione e dalle pareti delle case. Il centro del paese presenta un aspetto intimo e raccolto.

Il significato: la guerra è soltanto un ricordo doloroso, la vita continua a scorrere tranquillamente sui suoi binari. Il lavoro e la pace regnano di nuovo nel paese. La guerra però non ha soltanto portato con sé la vittoria, ma ha anche lasciato dietro di sé delle tracce profonde: una testimonianza della forza e della capacità della gente di difendere la propria libertà e i propri diritti, un ricordo gravoso degli anni di guerra, delle distruzioni, delle vittime umane. Di tutto ciò il paese ha conservato il ricordo. Lo Scudo è stato deposto, riposa tranquillo in mezzo al paese, nella protezione offerta da un asilo silenzioso, ci ammaestra e ci ammonisce.

I colori: la parte centrale del monumento è formata da una combinazione dei colori bianco e nero ed è circondata da un'oasi delicata di verde che, a sua volta, è circondata da un muretto grigio e dalle pareti bianche delle case.

Il significato: predominano i colori bianco e verde, che rappresentano il risorgere della vita e la pace. Questi beni fondamentali affondano le proprie radici nel lavoro e nella comprensione tra gli uomini. In mezzo a ciò però continua a vivere un doloroso ricordo delle vittime e del prezzo pagato perché la gente potesse avere tutto ciò. Il nero del ricordo."

A questa descrizione del monumento bisogna aggiungere ancora una sua caratteristica, che a prima vista non appare visibile o, almeno, non ben evidenziata, anche se innegabilmente presente. Lo Scudo nasconde in realtà un nucleo e si collega perciò con il ciclo seguente. Questo fatto non l'ho messo bene in evidenza nel volume del 1991. Di giorno il nucleo appare completamente nascosto dallo Scudo; la sera invece, grazie all'illuminazione, esso si rivela attraverso l'apertura in alto come il suo contenuto nascosto. Il contenuto appare così visibile solo eccezionalmente, ma il procedimento che ha portato alla creazione del ciclo seguente appare in questo modo già ben delineato.

Abbiamo così individuato nel monumento di Gradišče l'esempio più antico del passaggio dal ciclo degli Scudi a quello dei Nuclei vitali: un ciclo che, visto in questa prospettiva, assume una rilevanza ancora maggiore.

Occorre però dire che questi Nuclei, intesi nel senso più stretto della parola, si rifanno alle forme di un organismo naturale, sotto la cui superficie sembrano aprirsi la via verso l'esterno le parti più nascoste del mondo organico. Non si tratta ormai più di un nucleo composto soltanto di elementi inorganici con l'eccezione della "decorazione" dello scudo, ma di un organismo già formato che, a ogni passo del suo sviluppo, farà cadere un altro involucro per proseguire, come un nero embrione sotto una copertura rossa o gialla, la sua marcia verso la luce.

Due eccellenti esempi di questi Nuclei sono costituiti da quelli indicati con i numeri III e IV. In ambedue i casi abbiamo a che fare con un involucro di legno, che si dischiude permettendo alle nere "interiora" di protendersi irresistibilmente verso la luce del giorno. Ambedue le tonalità sono molto caratteristiche e hanno assunto più tardi una fondamentale importanza nel ciclo del terremoto. Il Nucleo numero IV è una scultura tondeggiante, con l'involucro che si apre in una linea curva e con il nucleo che non appare ancora sviluppato come nel numero III, perciò il contrasto appare minore e le due parti della scultura appaiono più equilibrate.

Anche il Nucleo numero V venne scolpito nel 1972, come il numero III, ed è equilibrato come il precedente; in esso, inoltre, l'involucro che impedisce la completa fuoruscita del nucleo appare ridotto a una linea gialla mediana, così che ci troviamo davanti a una scultura che ci ricorda chiaramente un corpo di donna in posizione eretta e con i seni ben sviluppati. La superficie del

NEGOVAN NEMEC
POETRY IN STONE
TEN YEARS ON

NEGOVAN NEMEC
POESIA IN PIETRA
DIECI ANNI DOPO

or the outer wrapping and, as a patch of black under the red or yellow skin, continues its journey towards the light.

Excellent examples of such works are Core III and Core IV. In both cases, the wooden object is wrapped in a red skin, which opens up and enables the black "insides" to grow towards the light. The two colours which later became of key importance in Nemec's earthquake series are highly characteristic. Core IV is a bent sculpture with skin arched in a curved line. The black core is not spread out as in the previous example; there is therefore less of a contrast and the two poles of the sculpture are more balanced.

The next work, Core V, was created in 1972, the same year as Core III, and is equally balanced. Moreover, the skin which prevents the core from asserting itself fully is limited to a narrow yellow line in the middle of the body. The sculpture resembles a woman's body, with clearly developed breasts on the vertical shape. The surface of the core is clearly visible due to the marks of the knife or chisel.

In the same year, 1972, a core was again created in the black and yellow colour of the wood, which can no longer be likened to anything else but the provocative body of a woman. The former black core now becomes part of the clothing. The sculpture is one of Nemec's major achievements. In addition, it reached a considerable height and can be considered an autonomous interior sculpture.

Apart from the works described above, the sculptor carved a vertical core in wood with a yellow skin and black interior. The core is now the size of a human being, while its themes are derived from the world of plants, although, as is usually the case with Nemec's sculptures they are already a blend of forms from different worlds. The elements from the world of plants and animals begin to blend with those of man. The sculpture is therefore anthropomorphic, although all human traces are seemingly concealed. What we see is a straight body which has the appearance of an unusual plant, cleft from top to bottom and revealing its black interior. The sculpture is extremely elegant. It is not symmetrical but clearly built, with slightly thick portions at the top. The core appears to be slowly sliding from its skin, its black mass is still not free, it is still not tense with fright. Instead, it calmly reveals the balance between the two elements of this high, live sculpture.

In 1973 Nemec erected a highly characteristic concrete monument to Ivan Sulič and other Partisan fighters in his hometown of Bilje. On the surface of the monument, two stylised figures are featured, imperfect in body and drained of the force of life. The mark of death is highly unusual. Both bodies are wounded, cleft from the head to the bottom of the torso; the grip of death is a huge wound. No similar motif can be found in Slovene sculpture and, so far, I have not encountered it even in the work of foreign artists. Nemec became a pioneer with this monument. He raised the pain of dying figures to a new level of universality. The shape of both figures and their wounded bodies is a moving message to anyone who views it; he is transfixed by the scene. It is also obvious that the two figures represent a variation of the core, a subject that Nemec returned to frequently in later years.

Something similar could be said of the exceptional monument to the victims of the war, erected in the Slovene town of Podgora in the Italian part of the Gorica region. The monument is relatively large, measuring three-and-a-half metres in length, and is made of concrete. It was again brought to life by Nemec as a reminder of the national liberation struggle in the Second World War. The monument is an excellent example of a group of cores opening or closing in pairs of hands from the earth to the full height of the

Nucleo, con la sua lavorazione a sgorbia o a scalpello, appare ben visibile.

Nello stesso anno venne scolpito in legno dipinto di nero e di giallo anche il Nucleo che non sembra più possibile riferire ad altro che a un provocante corpo femminile. Il nucleo nero è diventato ora una parte della veste. Questa scultura rappresenta uno dei massimi risultati di Nemec, e fa parte del nucleo più scelto delle sue opere. Oltre tutto ha raggiunto anche un'altezza invidiabile e può adempiere pienamente alla sua funzione di scultura da salotto.

Contemporaneamente a quello descritto, lo scultore scolpì nel legno un Nucleo verticale con la superficie gialla e l'interno nero. In altezza, la scultura raggiunge quella di un essere umano, mentre i suoi motivi iconografici sono tratti dal mondo vegetale benché, come appare fin da allora caratteristico delle sculture di Nemec, essa rappresenti già un punto d'unione tra motivi diversi che cominciano a confluirvi anche dalla sfera umana, oltre che da quella vegetale e animale. Abbiamo a che fare dunque con una scultura antropomorfa, anche se l'impronta del corpo umano viene in apparenza celata. Ci troviamo davanti a un corpo eretto, a prima vista simile a una strana pianta, aperta da cima a fondo in modo da mostrare in tutta la sua altezza la parte nera interna. La scultura, molto elegante, asimmetricamente modellata e visibilmente allungata, presenta dei leggeri rigonfiamenti nella parte superiore. Abbiamo l'impressione che il suo interno si stia liberando soltanto molto lentamente dall'involucro; la sua massa scura non si è ancora resa indipendente, non appare ancora minacciosamente protesa, ma rivela al contrario l'equilibrio raggiunto dalle due componenti in una scultura "viva" e molto cresciuta in altezza.

Nel 1973 Negovan Nemec costruì nel paese natio di Bilje un monumento di cemento piuttosto caratteristico, dedicato a Ivan Sulič e ai suoi compagni di lotta. Sulla superficie del monumento sono raffigurate due forme umane stilizzate, dal corpo non completamente finito, che la vita sta per abbandonare. La causa apparente della morte è piuttosto inconsueta. Ambedue i corpi appaiono feriti, o meglio spaccati dalla testa alla radice del torso: la morte è dunque dovuta a un'enorme ferita. Non conosco una soluzione simile presso altri nostri scultori e nemmeno al di fuori del nostro ambiente. Con questo monumento Negovan Nemec si affermò come un pioniere, innalzando su un piano nuovo e duraturo la rappresentazione del dolore dei due personaggi feriti a morte. Il modellato di queste due figure e dei loro corpi feriti, rappresenta un messaggio sconvolgente per lo spettatore, e lo coinvolge pienamente nella comprensione dell'episodio. Appare anche evidente che le due figure rappresentano una specie di variazione del tema dei Nuclei, motivo di cui lo scultore continuerà a servirsi sempre di più anche in futuro.

Qualcosa di simile si può dire anche del pregevole monumento ai caduti situato a Piedimonte, nella parte italiana del Goriziano. Ci troviamo davanti a un monumento relativamente grande, lungo tre metri, costruito anch'esso in cemento. Negovan Nemec gli ha "infuso" la vita per ricordare così la Lotta di Liberazione. La realizzazione del monumento costituisce un eccellente esempio di un insieme di nuclei che, simili a mani appaiate disposte da terra fino alla cima del monumento, si aprono o si chiudono a seconda di come vengono osservate. Un insieme di mani o pugni chiusi così espressivi non ne conosco, anche se bisogna dire che L. Corbusier, per esempio, si è servito isolatamente del motivo del pugno chiuso nella città di Chandigar in India. Dalla descrizione possiamo capire in che modo gli abitanti di Piedimonte abbiano seguito la progettazione e la realizzazione del monumento, familiarizzando con esso ancora prima che venisse inaugurato. Per ciò che riguarda i suoi monumenti pubblici, Negovan Nemec sapeva disporre le circostanze sempre in modo da facilitarne la realizzazione, facendoli accettare alla gente come cosa loro. I Pugni di Piedimonte sono nati nel 1973. Due anni più tardi Nemec trasfuse lo stesso motivo in un materiale diverso: il ferro saldato. Realizzò due com-

NEGOVAN NEMEC
POETRY IN STONE
TEN YEARS ON

NEGOVAN NEMEC
POESIA IN PIETRA
DIECI ANNI DOPO

monument. No other examples of such highly indicative groups of hands or fists are known to me, although Le Corbusier used the motif of fists as an isolated element in the town of Chandigar in India. The records reveal how the local inhabitants responded to the modelling and casting of the monument and how they accepted it as theirs, even before the unveiling ceremony. The fists of Podgora were made in 1973. Two years later Nemec transferred the motif of cores to other materials, such as welded iron. He created two such compositions for the Nova Gorica branch of Ljubljanska Banka and titled them No. XXI and No. XXII. The cores are carved from wood, while the background is made of metal. The two are connected with concentric circles and spirals which transport energy from the core to the periphery.

A similar work, also made of wood and welded iron, was created by the artist for the Nova Gorica Museum. The sculpture's best feature is the perforated foil covering the physical core, which here is dynamically shaped. All three monuments offer imaginative possibilities for the placement of plastic cores in dynamic backgrounds which then, together with the cores, create a suitable tension for the release of energy. The interest of commissioners in this kind of sculpture grew to the extent that it was possible to offer them a highly abstract work.

The sculptor's dynamic life, during which he was able to work on truly great commissions such as public monuments, was suddenly shaken by the earthquake of 1976, which devastated the Posočje region. This natural catastrophe changed the artist's plans in a moment. All of a sudden he found himself helplessly observing the forces of nature causing uncontrollable destruction and was finally faced with the task of expressing a quality which had hitherto lain dormant: his sense of drama and the smallness of man compared to nature. He was aware of imminent death and he could not avoid thinking about his future. His experience of the earthquake, together with the feelings it produced in him, resulted in the most unusual of his or anybody else's group of sculptures or constructions. Nothing remotely similar exists, at least in Slovene sculpture. This group of works is particularly important because through it, the sculptor revealed parts of his personality which would never be expected to be formed during the normal course of personal growth. These works are an explosion of the artist's dramatic inner life, of unusual expression and extraordinary "expressionism", if I may use the term with which I described his style from the years immediately following the earthquake. It can best be described in terms of "naturalist expressionism". It has nothing to do with the deformed reality characteristic of conventional expressionism, but consists of acute confrontations between otherwise "normal" elements. Nemec achieved the dramatic atmosphere by "introducing" certain dynamics into his sculpture, which to say the least caused great bafflement when the works were shown. Most of the public did not, could not or did not want to understand these works. The sculptor himself stated that he had been pervaded by the most peculiar feelings when he strolled through the exhibition after the visitors had left. His "conversation" with the sculptures without the presence of the public was his encounter with himself in a new position, which also heralded his death, as he put it. This mark of destiny could also be read in his face.

The sculptor was so greatly affected by the earthquake that in the first stage of this period, he depicted mostly devastation or, as he put it, "destructions". These are collapsing constructions. All binding tissue has become loose and the foundations have crumbled. For his work he used typical construction material reinforced with iron. This group of sculptures is, in one sense, extremely shocking; the artist wanted to use the same form for a monument to the construction workers of the Primorje region. Here, I wish to quote a passage from the 1991 book, for it gives a good description of the group.

posizioni di questo tipo per la Ljubljanska banka di Nova Gorica, indicandole con i numeri XXI e XXII. I Nuclei sono scolpiti in legno, lo sfondo è invece di metallo. Le due opere hanno in comune il motivo delle volute a spirali concentriche, che convogliano verso il bordo l'energia irraggiata dai due nuclei.
Una scultura simile a questa, in legno e ferro saldato, lo scultore l'ha realizzata anche per il museo di Nova Gorica. L'opera è caratterizzata da una lamina spezzettata stesa sopra il nucleo, che viene reso con ricchezza di dettagli. Tutti e tre i monumenti costituiscono delle variazioni ingegnose di Nuclei su sfondo mosso, allo scopo di creare la tensione necessaria a liberare l'energia repressa. L'interesse dei committenti per questo tipo di sculture era dunque cresciuto a tal punto da rendere già possibile l'offerta di un capolavoro astratto.

Nella vita così variamente articolata dello scultore intento a realizzare monumenti anche di grande respiro, fece irruzione improvvisamente nel 1976 il terremoto, sconvolgendo di colpo i suoi progetti. Nemec si trovò all'improvviso a fronteggiare impotente le forze della natura, le distruzioni inarrestabili e, non ultimo, il compito di esprimere con le sue opere quel sentimento drammatico della piccolezza dell'uomo di fronte agli eventi naturali, che fino allora era rimasto sopito in lui. Avvertì la vicinanza della morte e non poté fare a meno di riflettere sul proprio futuro. L'incontro con il terremoto e con tutto ciò che esso aveva provocato in lui, ha dato origine alla più straordinaria serie di sculture, a volte vere e proprie costruzioni, che egli o altri scultori abbiano mai creato presso di noi: in Slovenia almeno non ne conosciamo di simili. Questa serie è importante specialmente perché in essa lo scultore ha rivelato quegli aspetti della propria personalità, che non avremmo mai sospettato potessero fornirgli i contenuti necessari al normale corso del suo sviluppo artistico. Abbiamo infatti a che fare con una vera e propria esplosione della drammatica tensione interiore dello scultore in un linguaggio a lui inconsueto, una specie di "espressionismo" - come ho chiamato anni fa questo suo modo di esprimersi nel periodo immediatamente successivo al terremoto - al quale ben si adatterebbe la definizione di espressionismo naturalistico. Non si tratta infatti, come nell'espressionismo inteso classicamente, di una deformazione della realtà rappresentata, ma di una contrapposizione violenta di elementi che riteniamo "normali". La drammaticità scaturisce dagli accadimenti che Nemec ha "introdotto" nelle proprie sculture: accadimenti che hanno suscitato a dir poco una grande meraviglia quando esse sono state esposte in pubblico. La maggior parte degli spettatori infatti non le ha capite perché non poteva o non voleva farlo. Lo stesso scultore ha ammesso di essere stato in preda a sensazioni insolite mentre si muoveva tra le sculture, dopo che il pubblico se n'era andato. Questo "colloquio" con le sculture in assenza di pubblico ha costituito per lui un incontro con se stesso in una situazione nuova, che gli ha fatto presentire anche la morte, come ha detto egli stesso e come si poteva leggere sulla sua fronte segnata dal destino.
Egli era stato talmente colpito dal terremoto, che in un primo momento rappresentò soltanto crolli e demolizioni, che egli chiamò anche Distruzioni. Si tratta di edifici che crollano quando cedono le fondamenta e si spezzano i legamenti. Realizzò tutto ciò servendosi dei tipici elementi da costruzione, tenuti insieme da giunzioni di ferro. Questo ciclo di sculture è veramente impressionante, e non appare per niente strano che l'autore abbia voluto esprimersi in questo modo anche nel modello per il monumento ai costruttori edili del Litorale. Mi sia permesso di riportare a questo punto le considerazioni da me espresse su queste sculture nel volume del 1991, perché mi sembrano molto giuste.
"In base al materiale usato nei modelli, il primo gruppo delle Distruzioni, di cui tre sono qui riprodotte, è formato da elementi costruttivi in gesso patinato e ferro, tenuti insieme da legamenti piuttosto precari. Queste sculture sono essenzialmente delle costruzioni di tipo particolare, in fase di cedimento o di crollo: si

NEGOVAN NEMEC
POETRY IN STONE
TEN YEARS ON

NEGOVAN NEMEC
POESIA IN PIETRA
DIECI ANNI DOPO

The first group of Destructions, of which three are depicted in this volume, are built of construction elements of loosely bound patinated plaster and iron. The peculiar constructions of the sculpture are its essence; they are either loose or already collapsed, and therefore represent the destroyed parts of architecture. With these simple means, the sculptor managed to draw attention to the earthquake as the cause of destruction. At first glance the artist's story is direct, but through the isolated construction it is elevated into a symbol of a tragic event. The three sculptures are displayed in the artist's studio in Bilje, while a composition of a cluster of shattered falling iron plates will be exhibited in Ljubljana. The artist strove to depict destruction as effectively as possible by relating the individual parts of the whole.'

But this was merely the beginning. A year later his imagination gave birth to even more dramatic constructions.

But before that, he erected a fascinating public monument to Primorska construction workers in Renče. The first model in plaster was finished in 1977. He built his idea on broken, cracked and fragmented construction elements made of concrete and bound with iron poles. The three broken elements, together with several fragments, compose a circular form. This impressive idea was not well received by the commissioners, despite its clear message, since it is a continuation of his earthquake works of destruction. It is not clear whether the construction continues to fall apart or whether the destructive forces have been stopped. As is typical of Nemec, the impact of the earthquake is still present in the second accepted proposal, although in a neutral way: it consists of a group of vertical supports, three of which are already covered in concrete, while the other three still belong to the phase of bare iron construction. Although the monument as a whole is no longer collapsing, the narrative force of these new verticals is no less threatening. Particularly obvious are the tops or the console "capitals" of this new version of memorial column, which can be traced back to the beginnings of modern art, to Picasso, and in Slovene art to Pregelj's Pompean Table and other well-known images of hollow heads. This means that Nemec succeeded in turning the elements of construction into highly indicative images. Construction elements which are hollowed out, entirely or in part, are in complete balance with the vertical composition, which may be understood both as an optimistic message and as a warning.

The following year a similar message triggered by the earthquake can be found in his model for the monument to the victims of the Second World War liberation struggle in the Slovene village of Štandrež across the Italian border near Gorizia. The plaster and stainless steel model resembles a flower, with leaves on the gentle slope of the circular core. In the centre, two struggling stylised figures hang, taking the form of broken constructions.

In 1978 the sculptor made several other, even more dramatic models, such as the Demolition series. The first sculpture from the series is one of the most terrifying works produced by the artist. A black wooden structure carries the mass of a full-sized dead body, wrapped in red plastic. The clearly visible body under the plastic wrapping does not lie straight. Its legs are bent, making the monument a moving epitaph. One of the most horrifying details about the work is that the model for the body was the sculptor's wife Nelida who, posing on a stretcher under the plastic cover, almost died of suffocation. The last tremor of a dying body is the most terrifying feature of this epitaph. Here, Nemec encountered death as an invisible, although intuited and above all final, destiny. The colour of the sculpture repeats itself throughout the series and even in his later works. Red is the colour of the human being, black of the supporting construction: the red of bleeding flesh and the black of the merciless threat.

tratta dunque di elementi in rovina di interi complessi edili. Con questi mezzi così semplici, l'autore è riuscito ad alludere simbolicamente al terremoto che ha provocato le distruzioni. Apparentemente si tratta di una semplice esposizione dei fatti che, grazie al singolare accorgimento costruttivo, assurge a valore di simbolo. Queste tre opere sono visibili nell'atelier di Bilje, mentre la composizione formata da un grappolo di lamine di ferro disgiunte e in atto di cadere, si trova a Ljubljana. L'artista ha cercato di creare tra le varie parti che compongono l'insieme i rapporti adatti a rendere nel modo più efficace l'idea dello sfacelo.
E questo era solo l'inizio. Un anno più tardi la sua immaginazione ha dato il via a costruzioni ancora più drammatiche.
Ma prima di passare a ciò, occorre che ci soffermiamo sull'interessante monumento eretto da Nemec a Renče per i costruttori edili del Litorale. Nel 1977 fu approntato in gesso il primo modello. Il progetto è basato sull'idea di elementi da costruzione in cemento, che appaiono fratturati, incrinati e frantumati, e sono tenuti insieme nei punti di rottura da tondini di ferro. Gli elementi che presentano fratture sono tre, e insieme con quelli frantumati formano un cerchio. Un progetto di grande effetto, che però non piacque ai committenti perché, nonostante la chiarezza dell'esecuzione, il monumento allude pur sempre alle distruzioni del terremoto. In verità non possiamo capire se la costruzione continuerà a franare o se la forza distruttrice è stata arginata. E' però significativo il fatto che Nemec, dopo il rifiuto del primo progetto, abbia trovato il modo di alludere al terremoto in maniera piuttosto neutra: egli ha posto in verticale il gruppo degli elementi portanti, tre già rivestiti di cemento e tre ancora nella fase di armatura. La costruzione ideata per il primo progetto ora non sembra più crollare, ma non per questo la forza espressiva degli elementi verticali appare meno impressionante. Particolarmente eloquenti appaiono ora gli elementi di giunzione superiori - i "capitelli - mensole" - di questa nuova versione di pilastri commemorativi che, nell'arte moderna, da Picasso e altri in poi, e presso di noi a partire dal Gruppo Pompeiano di Pregelj, sono rappresentati da figure dalla testa cava. Ciò significa che Negovan Nemec ha trasformato dei materiali da costruzione in elementi figurativamente espressivi, nei quali questi materiali, svuotati parzialmente o del tutto della loro funzione primitiva, ritrovano un nuovo equilibrio mediante la loro collocazione in verticale, sia che poi rappresentino un invito all'ottimismo o un richiamo ammonitore.
Questi problemi legati al terremoto, trovano riscontro anche nel linguaggio artistico che caratterizza il bozzetto eseguito l'anno seguente per il monumento ai caduti nella Lotta di Liberazione di Sant'Andrea nei pressi di Gorizia. Il bozzetto realizzato in gesso e acciaio inossidabile, ricorda una rosa con i petali disposti sul piano leggermente inclinato di un nucleo circolare, nel cui centro si incurvano, sotto la forma di strutture infrante, due figure stilizzate in atto di scontrarsi o di abbracciarsi.
Nel 1978 lo scultore realizzò dei bozzetti ancora più sconvolgenti per il ciclo intitolato Demolizioni. La prima scultura di questo ciclo rientra tra le creazioni più toccanti del nostro artista. Un corpo senza vita a grandezza naturale, racchiuso in un involucro di plastica rossa, appare fissato a una struttura di colore scuro. Che sotto il manto rosso ci sia un corpo, appare ben visibile; come appare anche visibile che non se ne sta disteso, ma piegato, almeno per ciò che riguarda le estremità inferiori. Perciò ne parlo come di un commovente epitaffio. E lo è tanto più se pensiamo che sotto quel manto rosso ha posato, distesa su un catafalco, la moglie Nelida, che rischiò di soffocare. La cosa più impressionante è che appare ben visibile l'ultimo sussulto del corpo così ben dissimulato. Qui Negovan Nemec ha avuto un incontro con la morte, intesa come qualcosa di inavvertito, di appena presagito, ma in ogni caso di definitivo. La soluzione cromatica propria di questa scultura si ripete poi in tutto il ciclo e ritorna anche più in là. Il rosso è il colore dell'elemento umano, il nero quello della struttura portante delle costruzioni; il rosso è il colore della carne insanguinata, il nero quello della minaccia spietata.

NEGOVAN NEMEC
POETRY IN STONE
TEN YEARS ON

NEGOVAN NEMEC
POESIA IN PIETRA
DIECI ANNI DOPO

Demolition II, also from 1978, is a collapsing pile of black wood, with sloping beams and descending verticals. In contrast to the first sculpture, it is a pure construction with a clear message communicated by indicated contrasts which take the "building" apart. The next work, Demolition IV, operated with both dramatic elements: a smooth press of wooden pieces and human legs and arms, with a highly symbolic play of the fingers, caught in the press. The work captures the moment immediately before the press destroys the bleeding remains of the human body - that is, its highly indicative parts. This was the most shocking "expressionist naturalist" sculpture known in Slovene art at that time, if I may describe the work in such mutually exclusive terms. Nemec brought the earthquake catastrophe to its extreme, expressing it in the encounter of the two protagonists of the drama: the unstoppable force of nature and the unavoidable sacrifice of life. The artist took a step forward in Demolition V. Here, a pair of arms is caught between two heavy pieces of wood, the top of which is about to crush the bleeding mass of flesh to death.

The neverending possibilities offered by the two protagonists gave rise to ever new ideas. The titled another group of sculptures on the subject of the earthquake No Way Out. The first sculpture from this series depicts the last struggle for life of a group of arms caught between pieces of wood. To the right, the upper pieces of wood already lie directly on the lower ones, while to the left, the drama continues and is about to end in the annihilation of the arms. Again, we see the by-now familiar duality: the accurately cut pieces of black wood and the bleeding organic mass of arms which desperately try to resist the far-too powerful, merciless forces of the dark world.

Even more terrifying is the next sculpture from the series, where blind-yet-total annihilation is presented even more clearly. The sculptor placed the action within a solid square frame, which renders the work even more effective. The viewer gets goose pimples as he observes the "descent" of cubic forms from the edge towards the middle, where the remains of a living red mass await their doom. This descent is also terrifying because, when the pieces of wood collapse, they will become even with the frame of the composition, thus coldly concealing the trembling red mass on the bottom. The title, No Way Out, therefore accurately sums up the action taking place in the work.

The climax of the series is No Way Out IV. The action is limited to the solid construction of a wardrobe or press. Inside the wardrobe, a butchered human corpse is laid. The space is confined so that the severed pieces of the body cannot fall out. The scene resembles medieval torture chambers, where man's dignity was trampled to dust. The inevitability of the scene is here brought to its extreme, for the work no longer contains merely realistic parts of the body, but a whole corpse cut into pieces.

The sculptor used severed bodies in two other works: Horizontal Composition and Vertical Composition. The former consists of alternating wooden pieces and two parts of a severed body, which are no longer of a recognisable shape. The sculptor's imagination here reached the edge of what could still be called human remains. The same holds for Vertical Composition, although the upper part of the body is clearly discernible here. Nevertheless, it grows from the black vertical pieces and is therefore transformed from the depiction of a human body into a part of the merciless world.

Opening (1978) belongs to the same group. But the title is different and can be interpreted as the lifting of the heavy wooden pieces which, at the bottom, still crush the bleeding remains of life, while at the top they open up, giving a slight promise of a happy ending.

La scultura intitolata Demolizione II, anch'essa del 1978, è una specie di catasta di barre di legno nero, che sta franando, con travi che sporgono e altre poste in verticale che si staccano. Se confrontato con la scultura precedente, il nuovo progetto appare una costruzione formalmente pulita e molto eloquente, grazie agli elementi contrastanti che alludono chiaramente al crollo della "costruzione".

Nella costruzione seguente, intitolata Demolizione IV, appaiono già operanti ambedue gli elementi del dramma, questa volta in una catasta ordinata di barre di legno e nel gioco espressivo delle dita delle mani di un essere umano preso nella sua morsa. Alla base del progetto c'è la manifesta intenzione di evidenziare l'attimo immediatamente precedente a quello in cui i resti sanguinolenti dell'essere umano - o meglio, soltanto di alcune sue parti molto espressive - saranno completamente distrutti dalla catasta. Nella scultura slovena un naturalismo talmente espressivo, se mi è lecito indicare con termini così contrastanti questa scultura, era del tutto sconosciuto. Negovan Nemec ha rappresentato la catastrofe del terremoto mettendo a confronto i due elementi centrali del dramma: l'inarrestabile forza della natura e l'inevitabile sacrificio di un essere vivente. Ancora un passo avanti in questa direzione lo ha fatto nella scultura Demolizione V, nella quale appaiono due mani compresse tra due strati di traverse di legno, con lo strato superiore che sta per schiacciare quella massa sanguinolenta, da cui la vita sta sfuggendo.

Allo scultore si presentavano sempre nuove soluzioni riguardanti i due elementi protagonisti dell'azione. Realizzò così una serie di sculture sul terremoto con il titolo di Senza Via di Scampo. La prima della serie ripropone la scena delle mani schiacciate dalle traverse. Nella parte destra della scultura le traverse superiori si sono già congiunte con quelle inferiori, nella parte sinistra invece la lotta è ancora in atto, ma si capisce che da un momento all'altro anche qui le mani verranno schiacciate. Merita comunque richiamare l'attenzione anche in questo caso sui due elementi protagonisti dell'azione, sulle traverse di legno nero scolpite con esattezza e sulla massa organica e sanguinolenta delle mani, che tentano invano di opporsi alla pressione strapotente e impietosa, sorda a ogni dolore, del mondo delle tenebre.

Ma forse è ancora più terribile un'altra scultura di questa serie, nella quale la forza cieca e indomita della natura viene presentata in modo ancora più evidente. L'idea dello scultore di racchiudere l'azione in un solido recinto di forma quadrata, rende la composizione di grande effetto. Allo spettatore si rizzano i capelli in testa quando osserva la "discesa" dei parallelepipedi dal bordo verso il centro, dove nella massa rossa e senza scampo aleggia ancora un residuo di vita. La scena è sconvolgente anche perché ci fa capire che alla fine le barre di legno si allineeranno con il bordo della composizione, ricoprendo con una tranquilla superficie inanimata la sottostante massa rossa ancora palpitante. Il senso della composizione viene dunque reso alla perfezione dal titolo Senza Via di Scampo.

Ma il risultato più alto viene raggiunto nella scultura Senza Via di Scampo IV. All'azione viene riservato lo spazio solidamente costruito offerto da un armadio - pressa. Nell'apertura dell'armadio appare collocato per intero un corpo umano ridotto a pezzi. L'apertura è però troppo angusta perché i pezzi possano in qualche modo uscirne. Essa è destinata soltanto a farci osservare la scena, che ci riporta alle più rozze negazioni della dignità umana operate con gli strumenti di tortura medievali. L'ineluttabilità del destino ha raggiunto qui il suo punto massimo di espressione: non abbiamo infatti più a che fare con alcune parti del corpo realisticamente riprodotte, ma con il corpo intero ridotto in pezzi.

Lo scultore ha poi presentato dei corpi smembrati ancora in due composizioni: nella Composizione Orizzontale e nella Composizione Verticale. La prima è formata dagli strati alternati di traverse di legno e sezioni del corpo umano, delle quali non è più possibile distinguere la forma originale, perché la fantasia dello scultore si è spinta tanto il là che possiamo a malapena parlare di

NEGOVAN NEMEC
POETRY IN STONE
TEN YEARS ON

NEGOVAN NEMEC
POESIA IN PIETRA
DIECI ANNI DOPO

At first glance it is impossible to draw any parallels between the artist's earlier works and the No Way Out series. There are similarities, however. Even these works can be understood as special forms of core in the shape of the bleeding red masses of limbs and human remains. Nevertheless, the purpose of the two elements, the cores and frames, is now different, reversed. The remains of the human body can no longer grow. On the contrary, they are dying before our eyes and the forces of the external constructions cannot be defeated. In this we read a message of desperation, although the next stage - when the artist surfaces from his crisis - offers new, more optimistic forms.

In 1979 the artist received a commission for a large relief composition which represented the beginning of a new, large group of sculptures entitled Breakthrough. The client, the Nova Gorica Bureau of Public Safety, had no special demands regarding content or any other aspect. The artist was therefore free to take a step forward towards life and, at least seemingly, towards optimistic creativity.

The Breakthrough series represents a new chapter in the artist's work. The old wounds had been healed and a new direction taken. The series is literally a release of the old forms and of the sculptor's energy. The new is born freely, without pain, and opens up into ever more recognisable forms.

This is well illustrated in Breakthrough II. The upright block, which widens slightly in the upper half, opens up at the top and reveals the curled core. The same direction is taken in the next work from the series, Breakthrough III, which is, like the former, executed in welded and patinated iron and consists of a reddish-brown shell and a dark organic mass. The sculpture is one of the artist's greatest achievements, for it measures nine metres in length and is taller than a human being. It is devoid of any spasms which could in any way constrict the dark core. The two elements are balanced and highly indicative partners. If we take a closer look at the sculpture, it becomes clear that it offers a new type of core. Life, which previously struggled to get to the surface in indistinguishable forms, has now won. The drama of a desperate situation has metamorphosed into new life.

In the same year, Breakthrough IV was executed with the dark mass of the core breaking through the smooth, though cracked shell of a slightly curved block. The legacy of the old cores is still visible in the duality of the bright skin and the birth of the dark, though increasingly attractive core. The purpose of this new investigation is the search for beauty. This new development is particularly evident in Breakthrough XIX and Breakthrough XX. In the first of the two works, the shape of the middle part takes over, so that the shell is merely a means for the assertion of the core. This is even more evident in the other work, where the entire work assumes an organic shape, rising like a newly opened blossom.

This phase of Nemec's opus also accidentally encompasses works in wood. During that period, he accepted an invitation to participate at the Forma Viva event in Kostanjevica, where he carved another of the fascinating Breakthrough sculptures.

The next work which deserves attention is the longest of Nemec's interior sculptures, which was created in 1983 for the hall of the Soča Electric Power Plant in Nova Gorica. The artist entitled it Energy. The long sculpture, of a dynamic shape and varying height, depicts its abstract subject as a peculiar stylised form of the Soča river. The effect of the metalwork is highly convincing, although not overly complex, creating a special atmosphere in the room.

resti umani. Lo stesso accade nella Composizione Verticale perché, anche se la parte superiore del corpo appare abbastanza riconoscibile, essa viene però inserita nella trama degli elementi di legno nero posti in verticale e rappresenta perciò più una sezione del mondo inanimato che una raffigurazione di quello degli uomini. Allo stesso mondo appartiene anche la scultura intitolata Apertura, pure questa del 1978. Il titolo è nuovo e forse bisogna riferirlo alle traverse di legno, che nella parete inferiore premono sui resti di un corpo insanguinato, mentre in quella superiore si schiudono con leggero ottimismo.

Se ci interroghiamo sull'esistenza di legami di qualche genere tra le opere precedenti dello scultore e il ciclo sopra descritto, dobbiamo ammettere che a prima vista non riusciamo a scorgervi delle affinità. Ma non è proprio così. Anche questi lavori possono essere visti come una specie di nuclei, poiché le masse rosso sangue dei resti di un corpo umano svolgono in questo ciclo una funzione simile alla loro, anche se i due elementi contrapposti, il nucleo e la parte che lo circonda, assumono ora un senso completamente diverso. I resti del corpo umano non hanno infatti qui alcuna possibilità di sviluppo, ma finiscono per soccombere davanti ai nostri occhi, perché la pressione esercitata dalle forze esterne è troppo grande. In ciò possiamo forse scorgere un messaggio di estremo sconforto. Perciò nella fase seguente, quando l'autore ha ormai superato la crisi, ci sarà un ritorno ai progetti destinati a riaccendere la speranza.

Nel 1979 venne commissionata allo scultore una grande composizione da parete, che inaugurò una nuova nutrita serie di sculture intitolate Sfoghi. Il committente era la UJV di Nova Gorica e la commissione non era condizionata da esigenze programmatiche o altro. L'artista aveva le mani libere; poteva entrare così in una nuova fase di vita e, almeno in apparenza, di lavoro creativo improntato all'ottimismo. La fase intermedia era superata e gli Sfoghi segnarono per l'artista l'inizio di un nuovo capitolo, gli fecero dimenticare le vecchie ferite e gli aprirono la strada verso un nuovo ciclo di opere. Per lui gli Sfoghi significavano alla lettera e prima di tutto una maggiore libertà formale nelle sue sculture e, nel contempo, ma non certo in minor misura, lo scatenamento delle sue energie di artista. D'ora in poi le novità si manifesteranno senza ostacoli di sorta e senza contorcimenti, concretandosi liberamente in masse sempre più inconfondibili.

Quanto appena detto viene illustrato molto bene già dalla scultura intitolata Sfogo II. Un parallelepipedo in posizione eretta, un po' rigonfio nella metà superiore, presenta un'apertura sotto la sommità, consentendo così la visione di un nucleo ripiegato. La scultura successiva di questo ciclo, intitolata Sfogo III, testimonia la strada intrapresa anche nell'uso del ferro saldato e nella verniciatura con i colori usati già in precedenza: il rosso marrone dell'armatura e i toni scuri della massa organica. La scultura indicata appartiene alle opere più imponenti dello scultore, perché misura ben nove metri in lunghezza e nel punto più alto supera la statura di un uomo. Non vi sono qui contrazioni che ostacolino in qualche modo il nucleo: i due elementi sono protagonisti alla pari dell'evento narrato. Se osserviamo la scultura più da vicino, vediamo che abbiamo a che fare con una nuova variante dei Nuclei. La vita che negli indefiniti grovigli di prima cercava di aprirsi la via verso l'esterno a partire dal centro, ha finito per trionfare. Al dramma di una situazione senza via di uscita, è subentrata la realtà di una nuova vita. Nello stesso anno l'artista ha realizzato la scultura intitolata Sfogo VI, nella quale la massa scura del nucleo si apre la strada attraverso l'involucro liscio, ma incrinato e leggermente incurvato, di un parallelepipedo. La continuità con la vecchia serie dei Nuclei è ancora visibile nel contrasto tra l'involucro chiaro e il nuceo scuro, e viene sottolineata nei suoi aspetti più gradevoli, poiché il fine ultimo delle nuove ricerche è ora proprio il perseguimento del bello. Il progresso compiuto in questa direzione appare molto evidente nelle sculture Sfogo XIX e XX. La prima ha subito un vero intervento scultoreo nella parte centrale, così che l'involu-

NEGOVAN NEMEC
POETRY IN STONE
TEN YEARS ON

NEGOVAN NEMEC
POESIA IN PIETRA
DIECI ANNI DOPO

At the same time, Nemec continued to work on his live stones. They were also created in series of different titles taken from various physical and mental human states. The shapes of these cores are clearly taken from the living world of plants and people, although they cannot as a rule be associated with a single species. The artist finally achieved a synthesis of all life and created new sculptures with individual elements of this blend. I will describe some of them here. In 1981, after the last of the Breakthrough works, he created a sculptural composition entitled Bud. Some of the sculptures are entitled Seething, the first of which was produced in 1981. In contrast to some of his former Bud sculptures, the forms rise in conformity with their title. The same holds true for the Maturation series. The next sculpture from 1981, Yearning, is equally fascinating, since it consists of a skilfully applied anthropomorphic form, complete with all the characteristics of the plant world. In the same year, he introduced a musical component to the abstract Rhythmic Song, and carved the first work of the Hope series. In 1982 he finished Sprout, which takes a form of a spiral protecting a round core which alludes both to a woman's breast and a penis. Nemec's art is now charged with eroticism, which is visible in almost all his works. From other series of works I wish to mention New Birth or Zoomorphic Form (1982), which features a large, almost life-sized birth-giving crotch. Characteristic of this and other work is that the sculptor simply omitted everything that was not directly connected with the main action. The same holds true for Lust IV from a smaller series of works. Here, the artist concentrated on the shape of the crotch caught in a spasm. The work is an excellent study of a live torso, and could have been transferred to a more monumental format. In the following year the sculptor started the Seething series, which justifies its title with its vertical drive. Seething IV, for example, grows from a tuber-like base and spirals out of a shell in the shape of two stylised heads.

At this time the exceptional quality and maturity of Nemec's work was noticed by critics. His principle and most important material was stone, but he also used polished metal, as in Maturation VI (1982). The sensitive form still carries a trace of the dark core under the smooth outer skin. The sculpture is unusually small, although not the smallest of his work, and can be admired on a table or a shelf.

In 1984 the sculptor received several commissions for public monuments. The work for the Voudovac fire brigade of Belgrade tells of the preciousness of water, which flows in tiny jetties across the ridge in the divided centre of the monument. It is shaped like a steep riverbed. For the Gorica region, which was also his home, he carved two important monuments. One is dedicated to the march of the 30th Partisan Division to the Friuli-Venezia-Giulia region in Italy and its crossing of the Soča river at Kanal. The shape of the monument alludes to the Soča canyon, complete with a group of human figures descending one bank and ascending the other. The participants in the march are not realistically depicted. Rather, they are neutral white figures incorporated in the white whole. They are white elements of the work, facilitating the reading of the message, and are not meant to be portraits of actual historical individuals. They simply tell of their crossing of the river. The monument is perfectly set in green surroundings and is an essential reminder of an historical Second World War event which took the Slovene army to the westernmost borders of the territory of Slovenia.

Equally demanding is a monument to the victims of the Second World War national liberation struggle, which Nemec designed in the same year for Rožna Dolina. The action is centred on the invisible core of the monument, next to or from which the flat shapes of the fighters emerge. These victims are again not rendered as

cro rappresenta soltanto una scusa per la presentazione del nucleo. Ciò appare ancora più evidente nell'altra scultura, che ha assunto per intero una forma organica ed è letteralmente "sbocciata".

Per una interessante combinazione, questa fase dell'attività di Nemec è documentata anche nel legno, poiché egli aveva ricevuto proprio allora l'invito a partecipare alla Forma viva di Kostanjevica, dove ha realizzato una scultura intitolata Sfogo.

Se ci spostiamo avanti di qualche anno, possiamo soffermarci sulla sua più lunga scultura "da salotto", realizzata nel 1983 per la sala della società delle centrali elettriche dell'Isonzo di Nova Gorica. L'autore l'ha intitolata Energia. La scultura, allungata e mossa, variamente articolata in altezza, pur recando un titolo astratto, rappresenta un motivo che possiamo interpretare come una originale stilizzazione del fiume Isonzo. Possiamo comunque affermare che l'effetto prodotto dalla scultura in metallo è molto convincente, non troppo complicato e serve a completare ottimamente l'ambiente.

Nello stesso tempo Negovan Nemec lavorava infaticabilmente ai progetti delle sue "pietre vive", che si concretizzarono in cicli recanti titoli diversi, alludenti a differenti stati fisici e psichici dell'uomo. L'universo formale di questi nuclei trae la sua origine dalle vive forme del mondo vegetale e animale, in modo però che di regola non sia possibile farle risalire a quelle di un solo essere vivente. Lo scultore ha realizzato finalmente una sintesi di tutte le forme viventi e, con i vari elementi, ha dato vita a sculture sempre nuove. Ne elenco alcune. Nel 1981, contemporaneamente agli ultimi Sfoghi, venne realizzata la composizione intitolata Bocciolo. Alcune sculture recano il titolo di Fermento, e anche il primo esemplare di questa serie venne realizzato nel 1981. In contrasto con alcune sculture precedenti della serie dei Boccioli, le forme di quelle intitolate Fermento sono più rialzate, giustificando così il titolo. Lo stesso vale per la serie di lavori intitolata Maturazione. Ma soprattutto appare interessante la scultura intitolata Anelito, anch'essa del 1981, nella quale viene ottimamente rappresentata una figura antropomorfa, ma con tutte le caratteristiche mutuate dal mondo vegetale. Nello stesso anno, accanto alla scultura in apparenza astratta intitolata Canto Ritmico, nella quale ha messo in evidenza la componente musicale, Nemec ha realizzato anche la prima scultura del ciclo Speranza. Nel 1982 lo scultore ha scolpito l'opera intitolata Germoglio, dandole la forma di una mezza spirale sotto la quale si cela un nucleo arrotondato, che possiamo interpretare anche come un seno femminile o un membro maschile. Lo diciamo per sottolineare il fatto che l'opera di Nemec appare intrisa d'ora in poi di elementi erotici, che si manifestano quasi in ogni scultura. Tra le opere che seguono occorre ricordare la scultura Una Nuova Nascita oppure Forma Zoomorfa del 1982, con un grande organo maschile in grandezza quasi naturale. La caratteristica di questa scultura - ma non solo di questa - è che l'artista l'ha sfrondata di tutto ciò che non appare essenziale. Lo stesso vale per la scultura intitolata Bramosia IV, appartenete a un ciclo minore. Anche in questo caso lo scultore si concentra sul motivo del membro maschile contratto nello spasimo. Si tratta di un eccellente studio per torso e, nello stesso tempo, di un buon esempio di scultura realizzabile anche in forma di monumento. L'anno dopo lo scultore ha affrontato la serie Fermento, che giustifica il titolo che porta con il suo lievitare in altezza. L'opera Fermento IV rappresenta un buon esempio di scultura che germoglia da un basamento a forma di bulbo e si sforza di uscire dall'involucro assumendo la forma di due teste stilizzate.

A questo punto anche la critica ha finito per accorgersi della straordinaria qualità delle opere di Nemec, mettendo in evidenza soprattutto l'eccezionale maturità raggiunta dallo scultore.

La pietra costituì senza dubbio il materiale esclusivo e risolutivo impiegato in questo ciclo, ma Nemec riuscì a realizzare nel contempo anche delle opere in metallo brunito. Penso alla scultura Maturazione VI del 1982. Vale la pena di ricordare che la scultura si distingue per una lavorazione molto accurata e che conserva

NEGOVAN NEMEC
POETRY IN STONE
TEN YEARS ON

NEGOVAN NEMEC
POESIA IN PIETRA
DIECI ANNI DOPO

soldiers, but rather as dancers bringing the symbols of the dead to life. The monument is characterised by a weightlessness of an almost Secessionist quality.

In 1985 Nemec continued to work on his live stones dedicated to Enthusiasm, The Curiosity of the Young, Awakening and other themes, such as Horizontal Curiosity. But the main achievement of that year was Inspiration of Life, which was selected as the Work of the Month and was to be exhibited in Cankarjev Dom in Ljubljana. But due to complications with customs, this monumental work remained in Gorizia in Italy and could not be transported over the border to Slovenia. For this reason, the sculptor produced an approximate copy of the work in only a few days. The sculpture consists of two parts. The upper part alludes to masculinity, while the lower symbolises female devotion. Inspiration of Life is a slender sculpture of noble proportions and represents one of the greatest achievements of his career. The copy, executed in a great rush, is typical of the last period of the artist's life, during which he was always in a hurry. In one of our conversations, he mentioned that he was planning to transfer some of his smaller works to large monumental forms. He received at least two opportunities to do this, in the commissions for Šempeter pri Gorici and Nova Gorica. The two monuments differ from his earlier works, both in their appearance and in the texture of the surface, which is rough and grain-like. The Šempeter monument is a compact mass with a core and a plant-like supplement, which takes the form of a large stylised flower. Due to the grain-like surface, the monument blends beautifully with the natural surroundings. Dedicated to Partisan diversion squads, it abandons the figurative narrative and tells of the actions carried out by the dead fighters with the help of broken and scattered forms. If I repeat my earlier evaluation, the work represents a modern version of "destruction", which is not produced by pain but is, rather, a homage. The last of the artist's great monuments was erected in Kromberk near Nova Gorica in 1986, and is dedicated to the victims of the Second World War national liberation struggle. The morbid torso, with a faintly indicated head and rough surface, is an exceptional work in Nemec's opus. This is no longer only a wounded or broken body; it is a falling corpse bound to decay.

In the same year Nemec designed a unique bedroom set for the Iztok furniture factory of Miren, decorating it with extremely elegant sculptural forms. The elements, which, for example, surround the mirror and the sides of the bed, allude to the Secessionist period. The commission was executed as a part of an export project. It was presented in a special catalogue and exhibited in the Nova Gorica Museum in Kromberk. The artist therefore also proved to be an excellent designer of furniture. In addition to this lavish set, he also designed similar furniture for more modest budgets. After years of hard work, he was also promised a commission for a monumental fountain in Aman; for its execution, he prepared a bronze sculpture entitled Harmony of Life I.

In the same year Nemec presented his work at a large retrospective exhibition in the Gorizia Auditorium. At the same time he prepared an exhibition in S. Pietro al Natisone in Italy. Both exhibitions were extremely successful and brought him new invitations, one of which was from the Slovenicum in Rome. But in the middle of work and preparation for this, he died suddenly during a family outing to a restaurant.

Nemec's live or white stones were the largest of his series. Since they were accepted both by critics and the public as sculptural works of exceptional quality, highly suitable for private homes, they can be found not only throughout Slovenia but also in other countries and on other continents. With them, Nemec proved himself to be a sensitive artist of vital sculpture, still remaining unrivalled in Slovene art. With these stones, he sur-

una traccia del nucleo più scuro sotto la superficie liscia dell'involucro. La scultura è di dimensioni molto modeste, anche se in verità lo scultore ne ha realizzate di più piccole, e possiamo tranquillamente collocarla su un tavolo o su una mensola.

Ci avviciniamo così all'anno 1984, quando allo scultore vennero commissionati alcuni monumenti pubblici, come quello dell'associazione Vozdovac dei vigili del fuoco di Belgrado, destinato a esaltare la preziosità dell'acqua, che si riversa in sottili rivoli attraverso un varco aperto in mezzo al monumento. Viene così raffigurato il letto di un fiume dalle rive molto ripide. Per la regione natale del Goriziano Nemec realizzò due importanti monumenti. Uno è destinato a ricordare la spedizione della XXX divisione nella Slavia Veneta, che varcò il fiume nei pressi di Kanal na Soči. Nella sua forma il monumento riproduce la stretta valle dell'Isonzo ed è completato da un gruppo di figure che scendono lungo la riva destra del fiume e risalgono lungo quella di fronte. Nel monumento non viene attuata una rappresentazione realistica dei partecipanti alla spedizione, ma si cerca soltanto di armonizzare il bianco delle figure con il bianco del monumento. Si tratta di elementi più chiari che permettono di "leggere" il monumento e non mostrano nessuna particolare caratteristica dei partecipanti alla spedizione, ma evidenziano soltanto il compito da essi svolto nel passaggio del fiume. Il monumento appare ottimamente ambientato in uno spazio verde e offre un aiuto decisivo nella ricostruzione di quell'avvenimento storico che ha portato l'esercito sloveno fino agli estremi confini occidentali del territorio nazionale.

Non meno impegnativo appare il monumento ai caduti nella Lotta di Liberazione Nazionale, che Negovan Nemec realizzò a Rožna dolina. Gli avvenimenti ruotano qui attorno al nucleo invisibile del monumento, intorno al quale sono collocate o, meglio, dal quale si distaccano le piatte figure dei combattenti. Questi morti non sono immediatamente riconoscibili come combattenti, ma sembrano piuttosto dei ballerini che animano le figure simboliche dei caduti. A proposito di questo monumento si è parlato anche di una leggerezza quasi secessionista.

Nel 1985 Negovan Nemec progettò le sue sculture in pietra dedicate allo Slancio, alla Curiosità Giovanile, al Risveglio e ad altri temi, come Curiosità Orizzontale. Ma in quello stesso anno il risultato migliore lo raggiunse nella scultura Soffio di Vita, che venne scelta per essere presentata come opera del mese nel Cankarjev dom di Ljubljana. La grande scultura rimase però a Gorizia, e non poté passare il confine per insorte complicazioni doganali. Lo scultore ne realizzò in pochi giorni una copia, senza però riprodurre fedelmente la figura. La scultura si compone di due parti: la parte superiore indica la forza virile, quella inferiore la rassegnazione femminile. Soffio di Vita è una scultura raccolta, agile, che si tende con eleganza e rappresenta uno dei vertici della creazione artistica di Negovan Nemec. L'attività febbrile dispiegata da Negovan nella realizzazione della copia di questa scultura testimonia la situazione critica in cui si trovava lo scultore nel suo ultimo periodo di vita, quando mostrava continuamente di aver fretta. Durante una conversazione, egli ha detto che stava pensando di realizzare in forma di monumento alcune delle sue sculture più piccole. Gli furono offerte almeno un paio di occasioni in questo senso: a Šempeter presso Nova Gorica e a Nova Gorica. Questi due monumenti si differenziano già a prima vista dai precedenti. La loro superficie è ruvida, granulata. Il monumento di Šempeter è una massa compatta formata da una scultura a forma di nucleo con una specie di escrescenza vegetale, che possiamo intendere come un grande fiore stilizzato. La superficie granulata facilita l'inserimento del monumento nel verde circostante. Il monumento ai Guastatori rinuncia alla esposizione figurativa e presenta il lavoro dei caduti sotto forma di frammenti di oggetti, sparpagliati. Se posso tornare a ripetere il mio giudizio, devo dire che qui abbiamo a che fare con una versione moderna delle Distruzioni, realizzata non con dolorosa partecipazione, ma con riverente ossequio. L'ultimo suo monumento importante è stato eseguito nel 1986 a

NEGOVAN NEMEC
POETRY IN STONE
TEN YEARS ON

NEGOVAN NEMEC
POESIA IN PIETRA
DIECI ANNI DOPO

passed the achievements of the earlier generations, particularly those of Frančišek Smerdu, the poet of the female body. For this reason, he is known as one of the major creators of erotic sculpture in Slovenia. It must be added that, for him, eroticism was a dignified act, for all his sculptures are wrapped in a brightly polished surface. In this way, he gave his works a spiritual appearance, rendered inaccessible to touch by means of a polished surface. Some time ago, I compared this procedure to the painting of the Biedermeier period, where scenes and portraits from middle-class homes were protected with a smooth lacquered surface.

Negovan Nemec was a contemporary and a colleague of some of the most important Slovene artists, such as Tone Demšar, a well-known painter who died only recently. They shared a similar motif: the confinement of the core. But comparing the works of the two artists, it soon becomes clear that Nemec's approach was different, more "problem-specific", and that he managed to step out of the initial guidelines by taking a direction of greater aestheticism in his last series. Some writers have tried, and failed, to find sources for Nemec's sculpture abroad, in Europe and even elsewhere. Although Nemec's work may resemble, for instance, that of Brancusi, he was an original artist growing from his own roots. Equally, no significant parallel has been drawn between him and other Slovene and foreign artists who worked with cores. One of these artists is France Rotar, but unlike Nemec, he treated his cores as static forms. In intimate terms, Nemec's work is closer to the sculpture of Slavko Tihec, a tutor at the academy and artist of a number of important works, such as the Semaphores series. Tihec's work is pervaded with intellectual and rational elements to a greater extent than Nemec's, however. Negovan Nemec is the only true vitalist in Slovene sculpture. He inspired numerous forms, from plants to human figures, with a peculiar force of life, which he took from a great variety of sources.

In the decade since his death, younger generations of artists have still not produced a successor. For this reason, I welcome the idea of a new summer school, initiated this year as an attempt to absorb the main characteristics of Nemec's work. It is of great importance that the school can take place in the sculptor's studio, which he finished shortly before his death and where the artist's highly important sculptures and models are assembled. What the artist could not carry out during his life may now see the light of day in a different way, at the summer school. Negovan Nemec can no longer be a teacher, but he can become a shining example for all young artists, an example of high ambition and hard work, which eventually cost him his life.

I think this short overview of Negovan Nemec's work clearly highlights the fact that the recurring theme of his entire opus is the core. This theme can vary in external appearance, it can even be only indirectly visible, but it is always present. The idea of the core is the main drive of Nemec's sculpture, and can be found in all his series of works. It is present in the early shield series and, of course, in the later core works. But it is also incorporated in exceptional works, such as his earthquake series. We have seen what external forms his cores take and with what extraordinary force they are charged. At the beginning they are a practically invisible element, hiding below the skin of his shields. But later, they slowly emerge to the surface, until they become completely independent in the last period of his life as white or live stones. This description is, in my opinion, completely supported by the material itself, since cores are an obvious recurrent theme of his work in all periods of his all-too-short career. Another basic characteristic of Nemec's work is monumentality, or a tendency to create monumental figures. The ori-

Kromberk presso Nova Gorica per i caduti nella Lotta di Liberazione Nazionale. E se posso ripetere ora il mio giudizio di allora, devo dire che il torso morbido con la testa appena abbozzata e la superficie ruvida, rappresenta un risultato eccezionale nell'ambito dell'intero opus di Nemec. Non si tratta ora più di un corpo ferito e spaccato, ma di un corpo esanime che cade e comincia a decomporsi.
Nello stesso anno Negovan Nemec realizzò per la fabbrica Iztok di Miren una camera da letto in esemplare unico, decorandola con sculture dalle linee eccezionalmente eleganti. Le sculture tra l'altro incorniciano lo specchio e guarniscono le fiancate del letto, richiamandosi in qualche modo al modellato al periodo secessionista. Il manufatto gli era stato commissionato con l'idea di venderlo all'estero e venne presentato in un catalogo ed esposto nel museo di Nova Gorica a Kromberk. Così lo scultore si fece valere anche come designer di mobili e, oltre a questo modello piuttosto costoso, pensò di progettarne altri simili con soluzioni adatte ai meno abbienti. Dopo lunghi anni di faticoso lavoro gli si presentò la prospettiva di realizzare una fontana monumentale ad Amman, per la quale eseguì in bronzo la scultura Armonia di Vita I.
Nello stesso anno Negovan Nemec si presentò al pubblico con un'ampia retrospettiva nell'Auditorium di Gorizia e contemporaneamente allestì anche una mostra a S.Pietro al Natisone. Tutt'e due le esposizioni ebbero grande successo. Ricevette anche altri inviti, tra l'altro dallo Slovenicum di Roma. Ma in mezzo a tutti questi preparativi, venne improvvisamente stroncato dalla morte in un ristorante, dove si era recato con la famiglia.

Le "pietre vive" o "pietre bianche" di Negovan Nemec costituiscono il ciclo più numeroso delle sue sculture. Poiché esse erano state accolte dalla critica come opere di eccezionale qualità, erano molto amate dal pubblico e si adattavano bene anche alle abitazioni private, ebbero una grande diffusione non solo in Slovenia, ma anche in ambienti più lontani e addirittura in altri continenti. In esse Nemec si è espresso in modo eccellente e con la sensibilità propria di uno scultore "vitalista", che non trova riscontro nemmeno nella scultura slovena di oggigiorno. Con queste "pietre" ha superato di molto gli scultori della vecchia generazione, in particolare Francisek Smerdu, il poeta del corpo femminile. Egli è considerato anche il nostro maggiore autore di sculture erotiche. Bisogna però senza dubbio ammettere che guardava all'erotismo come a qualcosa di nobile e che ha continuato ad ammantare le proprie sculture con superfici levigate fino allo splendore. In questo modo è riuscito a conferire alle proprie statue un aspetto quasi immateriale, sottraendole con la loro superficie levigata a ogni tentazione di contatto diretto. Tempo fa ho detto che un procedimento simile era già stato inventato nel periodo biedermaier, quando scene e figure dell'ambiente domestico borghese venivano ricoperte con un lucente strato di lacca.
Negovan Nemec era coetaneo e compagno di studi di alcuni importanti artisti sloveni, tra i quali il noto scultore Tone Demšar, che ci ha da poco lasciati. Lo nomino specialmente perché aveva in comune con Negovan il motivo programmatico del nucleo compresso. Il confronto tra le opere dei due scultori ci rivela però chiaramente che Negovan aveva una visione diversa e più problematica della questione, e che nel suo ultimo ciclo aveva superato con decisione le difficoltà iniziali nella direzione di una scultura più gradevole. Alcuni hanno tentato di individuare nella sua scultura influssi esterni, europei o addirittura extraeuropei, ma non ne hanno riscontrati, perché Negovan era un artista del tutto originale, che si era formato da sé, nonostante alcune somiglianze di carattere esteriore con qualche altro autore, per esempio Brancusi. Non è stato possibile neppure trovargli delle affinità con gli scultori sloveni o di altre nazioni, che avevano scolpito esclusivamente nuclei. Penso in particolare a France Rotar, le cui sfere cave, a differenza di quelle di Nemec, appaiono percepite piuttosto staticamente. Per le sue caratteristiche più intime, l'opera di Nemec sembra avvicinarsi a quella di Slavko Tihec, autore di alcuni significa-

NEGOVAN NEMEC
POETRY IN STONE
TEN YEARS ON

NEGOVAN NEMEC
POESIA IN PIETRA
DIECI ANNI DOPO

gin of these figures sometimes cannot easily be recognised. But it is certain that all life, from plants to man, is a source for Nemec's art. According to his own statements, he always observed different forms of life, from buds to women's breasts, and followed their growth. He treated all these motifs as valuable witnesses to life around us, as witnesses who make it imperative for the artist to draw his inspiration from them, thus creating sculpture that can be described as vital. And this is undoubtedly the spinal cord of Nemec's work, for the live mass is either represented as a whole or in important elements of his opus. Forms of life dying before our eyes are also part of this.

Special attention must be paid to the iconography of the earthquake series. With it, the artist achieved a level that can be compared to the dramatic cries of the great poem Ecstasy of Death by Srečko Kosovel. The names of these two great modern artists from Slovenia can undoubtedly be mentioned in the same breath. Although they worked in different periods, there is no gap in their subject matter, iconography and basic presentation. The two artists were capable both of extreme gentleness in experience and creation, and of extreme sharpness of form and an emotionally shattering charge of expression. This is confirmed in statements by both artists. They set down an excellent appraisal of the lyrical periods and elements of art, and climbed to the heights of unavoidable cries coming both from inner life and from the events of the time, be it the catastrophe caused by war or that caused by nature. I think that these two artists from the Karst are so closely connected by an inner bond that one cannot be mentioned without the other in a broader context.

These two great artists from the westernmost edge of the territory of Slovenia obviously also share certain common characteristics in the presentation of their art. It is well known that Kosovel can only be understood in the context of his home region of the Karst, where the influences of the Mediterranean are felt in a Central European way. The same can be said of Nemec, who grew up on the western edge of the Karst, in the Gorica region. He described this position as a special advantage, for apart from a hard Karstic lyricism, it gave him access to Italian art, where an elegant, poetic mass of sculptured forms prevails. This mass is of fundamental importance, not only for Nemec but also for any other artist, for sculptural material itself, the mass of matter, is a unique foundation for any presentation of sculpted form or its understanding. The sculptor can be recognised even in small fragments of this matter. And this is particularly the case with a sculptor such as Nemec, who filled every fragment of his work with life. And he was able to do this in a period when Slovene art moved from the clearly recognisable to the abstract. Nemec's place is exactly in between these two poles. He reveals his roots and marks his possibilities with a basic feeling that pervades his work. The sculptor was very much aware of this, for he often spoke about his role as a teacher of commissioners, to whom he had to justify the possibilities presented by a more abstract artistic language.

Another characteristic of the artist must be pointed out. He always strove for a monumental effect, even in small-scale sculptures, and his art found full expression in large formats (public monuments, for example). According to this and other features, Nemec's work can be described as typical and representative of the sculpture from the Karst and Gorica regions. His work is a more-than-excellent continuation of the legacy of the older Gorica sculptors who taught him.

Nemec is therefore an important figure in modern Slovene art, successfully combining different characteristics of art from the westernmost edge of the territory of Slovenia and remaining an

tivi Semafori e di altri lavori. Le sue opere sono però intrise di richiami intellettuali e razionali, mentre Negovan Nemec è l'unico scultore concretamente "vitalista" del nostro panorama artistico. Egli sapeva infondere a tutti gli esseri viventi, così alle piante come all'uomo, quella vitalità che attingeva a progetti di largo respiro. Nei dieci anni trascorsi da quando ci ha lasciati, non è sorto ancora in mezzo a noi un artista capace di succedergli degnamente; perciò ci sembra simpatica l'idea che quest'anno la scuola di scultura cerchi di far proprie tutte le qualità della scultura "viva" di Negovan. Una circostanza fortunata rende possibile lo svolgimento dei corsi proprio nell'atelier che l'artista aveva portato a termine prima della sua morte, nell'atelier in cui è ospitata anche una raccolta importante delle sue sculture e dei suoi progetti. Ciò che egli non è riuscito a realizzare in vita, potrà forse essere realizzato in altro modo in questa scuola nel prossimo futuro. Negovan Nemec non può certamente essere più presente come educatore e mentore, ma può benissimo servire di luminoso esempio ai giovani per l'altezza dei fini che si era imposti e per l'onestà dimostrata nel lavoro, anche a costo della propria vita.

Da un breve esame delle opere di Negovan Nemec credo appaia subito evidente che il motivo del Nucleo costituisce una costante di tutto il suo opus. Un motivo che si presenta sotto aspetti molto differenti, che spesso non riusciamo nemmeno a vedere, ma che è tuttavia sempre presente. L'idea del Nucleo costituisce quella molla centrale della scultura di Nemec, che ritroviamo presente sotto varie forme in tutti i suoi cicli. Così negli Scudi del periodo iniziale, come nei Nuclei veri e propri e anche in opere più particolari, come le sculture del ciclo sul terremoto. L'esame della sua opera ha anche mostrato sotto quale forma si presentano i suoi Nuclei e di quanta energia sono carichi. All'inizio essi formavano degli elementi protetti dagli Scudi e non percepibili dallo sguardo; più tardi si sono aperti a fatica la strada verso la superficie, fino a rivelarsi completamente nelle "pietre bianche" o "pietre vive" dell'ultimo periodo. Tutto ciò, credo, appare ben documentato nella realtà, poiché i Nuclei costituiscono una specie di filo rosso che unisce i vari i periodi attraversati dallo scultore prematuramente scomparso. Un'altra caratteristica fondamentale dell'opera di Nemec è la tendenza alla monumentalità o, meglio, alla resa monumentale delle "figure", delle quali spesso non è facile capire l'origine. Una cosa è però certa: tutto il mondo vivente, dalle piante all'uomo, costituisce uno stimolo per i suoi lavori. In base alle sue dichiarazioni, appare evidente come egli abbia costantemente osservato con grande attenzione le varie forme in cui si manifesta e si sviluppa la vita nella natura: dalle gemme delle piante ai seni femminili. Egli ha trattato tutti questi motivi alla stregua di testimoni preziosi della vita nell'ambiente che ci circonda; testimoni che ci obbligano a una loro imitazione in sculture che si meritano pienamente il titolo di "vitali". Tutto ciò forma senza dubbio il nucleo centrale delle sue sculture, poiché abbiamo a che fare con una materia "viva", sia nell'intero arco della sua opera sia nelle sue fasi più critiche. E abbiamo visto che vi sono compresi anche quei frammenti di vita che "muoiono" davanti ai nostri occhi.

Un'attenzione particolare merita l'iconografia del ciclo sul terremoto, nel quale l'artista ha toccato un livello che raggiunge l'intensità espressiva delle drammatiche invocazioni contenute nel grande poema Estasi della Morte di Srečko Kosovel. Credo che possiamo accostare tranquillamente i nomi di questi nostri grandi artisti moderni perché, anche se sono vissuti in tempi diversi, non esiste però tra di loro una soluzione di continuità riguardante i temi iconografici e le fondamentali soluzioni formali adottate. Ambedue sono infatti in grado non solo di esprimere le proprie esperienze interiori nelle forme più raffinate, ma anche di rendere in forme estremamente crude la carica espressiva propria di una realtà sconvolgente. A sostegno di questa tesi possiamo riportare anche le dichiarazioni dei due artisti, che erano perfettamente in grado di giudicare epoche liriche e fattori estetici, e di esprimere

NEGOVAN NEMEC
POETRY IN STONE
TEN YEARS ON

NEGOVAN NEMEC
POESIA IN PIETRA
DIECI ANNI DOPO

inspiration for future generations of artists from the region. He might be dubbed the "Gorica nightingale" who, with proud words and a sensitive heart, and following in the footsteps of the poet Gregorčič, dedicated his short life to his contemporaries and to the generations to come.

Nace Šumi

le invocazioni di dolore originate dall'esperienza interiore o da circostanze temporali, si trattasse poi di catastrofi belliche o di cataclismi naturali. Penso che questi due artisti del Carso - o di una sua regione periferica - siano così intimamente legati tra loro, che non appare possibile astrarre nessuno dei due dal loro piccolo mondo.

Anche le caratteristiche formali uniscono in modo evidente i due grandi artisti operanti al confine occidentale del nostro territorio nazionale. Tutti e due rappresentano con grande evidenza le possibilità offerte dalla situazione ambientale e culturale in cui vivono. E' stato accertato che si può capire Kosovel solo sullo sfondo dell'ambiente carsico, dove sono già percepibili gli influssi mediterranei, filtrati però dalla realtà mitteleuropea. Lo stesso si può dire di Negovan Nemec, cresciuto sui versanti occidentali del Carso Goriziano. A questo proposito egli stesso ha scritto di percepire la situazione come particolarmente stimolante, poiché gli consente di trarre vantaggio non solo dalle durezze e dagli incanti lirici del Carso, ma anche dalle conquiste formali della scultura italiana, in cui conta molto l'aspetto elegante della materia scultorea. Quest'ultima riveste una fondamentale importanza non solo per Negovan Nemec, ma per qualsiasi altro scultore, perché già di per sé la massa scultorea, la materia prima, rappresenta per essi una un dato di fatto insostituibile per ogni progetto o lavoro di scultura. Possiamo riconoscere lo scultore già dai più piccoli segmenti della materia lavorata. Ciò succede ancora più facilmente nel caso di uno scultore come Negovan Nemec, che ha infuso la vita a ogni più piccola parte dei suoi lavori; e, per nostra fortuna, anche in un periodo quando la nostra arte tendeva a muoversi nel suo insieme dal perfettamente riconoscibile all'astratto. Il posto occupato da Nemec si situa esattamente in mezzo a queste due tendenze. Così, già con il suo modo di sentire, egli rivela le proprie origini e registra le proprie possibilità. Lo scultore si rendeva ben conto anche di questo suo ruolo, e ha parlato spesso della missione pedagogica da lui svolta nei confronti dei committenti, ai quali era costretto a prospettare la possibilità di avvicinarsi a un linguaggio artistico più astratto.

Occorre però sottolineare ancora una qualità peculiare del nostro artista, il quale tende alla monumentalità anche nelle sue sculture più piccole, ma che riesce a esprimersi pienamente nei grandi formati previsti dalle committenze per i monumenti pubblici. In base a queste e altre caratteristiche possiamo considerare l'opera di Negovan Nemec tipicamente rappresentativa della scultura carsica e goriziana. Essa costituisce altresì un risultato di grande qualità nell'ambito di un progetto a base regionale già formulato dalla generazione più anziana dei suoi maestri goriziani. Negovan Nemec rappresenta perciò una personalità rilevante dell'arte slovena contemporanea. Egli riunisce in sé le caratteristiche proprie dell'arte slovena ai confini occidentali del territorio nazionale, e costituisce un esempio per l'attività futura degli eredi della tradizione goriziana. In qualche modo possiamo considerare anche Negovan un "usignolo goriziano" perché, con il suo fiero linguaggio e una grande sensibilità di cuore, come già una volta il poeta Simon Gregorčič, ha fatto anche lui offerta di una vita di sacrificio alle generazioni presenti e future.

Nace Šumi

## ŽIVLJENJEPIS

Osnovna šola Bilje,
4. razred.

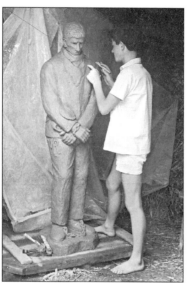

Kip Ujetnik, ki ga
izdela v 8. razredu
osnovne šole.

Na otvoritvi
spomenika v Blaževcih
ob Kolpi, z njim je bil
Silvester Komel, slikar
in učitelj na osnovni
šoli.

1. študentska kiparska
kolonija na Štanjelu.

## 1947

Negovan Nemec se rodi v **Biljah** 23. aprila 1947 očetu Vladimirju, delavcu in kmetu, in Mariji Černic, gospodinji. Oče, vdovec s tremi otroki (dvema sinovoma in hčerjo), se vnovič poroči in v tem drugem zakonu se rodi kasnejši kipar. Družina živi v Biljah na domačiji v **Marogovniku**.

## 1954

Osnovno šolo spočetka obiskuje v Biljah, nato štiri leta v Mirnu. Že od prvih šolskih dni v prostem času veliko rezlja v vezani plošči, oblikuje glino. Bilje so znane po opekarstvu, zato mu je glina kot material vedno na dosegi, prav tako pa že odliva prve modelčke iz mavca. Ko ga v petem razredu likovni in tehnični pouk začne poučevati **Silvester Komel**, ki v njem odkrije talent in vzpodbudi zanimanje za oblikovanje in modeliranje, se njegova vnema za likovno izražanje še poveča. V **osmem razredu** že samostojno ustvarja **portret** in **figuro**. V mavcu oblikuje figuro ujetnika v naravni velikosti in čredo ovac, za katero dobi **priznanje** na razstavi osnovnih šol v Ljubljani. S skupino sošolcev izdela **mozaika** ob vhodu v poslopje osnovne šole. Silvester Komel z izvirnimi pedagoškimi metodami zanimira skupino učencev in ustvari vzdušje za kreativno delo. Tako navežeta učitelj in učenec pristne prijateljske kontakte, ki bodo trajali več let, in Nemec začuti trdno podporo pri odločanju za bodoče šolanje in za življenjski poklic.

## 1963

Uspešno opravi sprejemne izpite na **Šoli za oblikovanje v Ljubljani**, kjer v strokovnih predmetih vsa leta dosega najvišje ocene. V času šolanja stanuje v Domu Ivana Cankarja v Ljubljani, kjer si z različnimi aktivnostmi skuša zaslužiti kak dinar, saj se s štipendijo, ki mu jo izplačujejo Goriške opekarne iz Volčje Drage, kjer je zaposlen njegov oče, težko prebija. Zato v prostem času veliko časa preživi v ateljeju **Staneta Keržiča** in se zelo veliko ukvarja s portretiranjem, v poletnih mesecih pa v Grožnjanu, kjer slikarju **Milošu Požarju** pomaga pri adaptaciji stare hiše v ateljejske in stanovanjske prostore.

Izoblikuje tudi **prototip za keramično ploščico** z izrazito kiparskimi likovnimi intervencijami, ki jo uporabijo za dekoracijo stene v Ljubljanski banki na Miklošičevi v Ljubljani. Za maturitetno nalogo si izbere realizacijo embalaže; zanjo je tudi nagrajen.

## 1967

V zadnjem šolskem letu skupaj s sošolci Rudijem Španzlom, Antonom Rojcem in Marjanom Skumavcem ustanovi likovni klub "Bori".
Po uspešno opravljenih sprejemnih izpitih se v jeseni vpiše na ljubljansko likovno akademijo, kjer ga modeliranja poučujejo prof. Drago Tršar, Boris Kalin in Slavko Tihec, njegovi sošolci pa so poznejši kiparji Anton Demšar, Milomir Jevtić, Boris Prokofjev in Vojko Štuhec. Na domu v Biljah si v delu gospodarskega poslopja prične urejati atelje.

## 1969

8. februarja prejme na predlog rektorja rednega prof. Borisa Kalina in po soglasnem sklepu članov pedagoško umetniškega sveta **študentsko Prešernovo nagrado** (za **1968**) za delo "**Avtoportret**" (kamen, 1968/69) kot slušatelj II. letnika kiparstva. V tem šolskem letu izdela figuralno kompozicijo v kamnu za **spomenik** prijateljstva in sodelovanja med NOB v **Blaževcih ob Kolpi**, pa tudi osnutek podstavka spomenika in celotne postavitve. V poletnih mesecih se skupaj s sošolci Vojkom Štuhcem, Tonetom Demšarjem, Milomirjem Jevtićem in Borisom Prokofjevim udeleži **prve študentske kiparske kolonije v Štanjelu**, kjer kleše in naslednje poletje dokonča monumentalno figuralno kompozicijo v lipiškem kamnu, ki stoji pred vhodom v starodavno kraško naselje.

## 1970

Ko ga v **tretjem letniku profesor kipar Slavko Tihec** poučuje modeliranja in obdelave materialov ter vnaša nove pedagoške prijeme, se začne Nemec intenzivneje ukvarjati z obdelavo lesa (nastajajo prva dela **ciklusa Jedra**) in z obdelavo železa (**ciklus Ščiti**).

Po letih brez primerne štipendije uspe po posredovanju prof. Borisa Kalina dobiti občinsko kadrovsko štipendijo, vendar vsa leta šolanja zaradi pomanjkanja denarnih sredstev veliko dela v ateljejih že uveljavljenih kiparjev, tako pri prof. Borisu Kalinu in Dragu Tršarju, pa tudi v ateljejih Janeza Boljke in Stojana Batiča. Tako si pridobi ogromno znanja in prakse pri obdelavi različnih materialov, pri spoznavanju tehnologij in postopkov.

## 1971

**V četrtem letniku** se skupaj z nekaterimi kolegi udeleži **javnega natečaja za izdelavo zvezne štafetne palice**. Žirija njegov osnutek, ki predvideva štafetno palico v dur aluminiju, sodobne oblike z vključitvijo aluminijastih fino brušenih lamel v valjasti obliki, **nagradi s prvo nagrado in izvedbo**, ki jo realizirajo v Iskri s sodelovanjem avtorja.

V zadnjem semestru mu uspe prepričati krajane **Gradišča nad Prvačino** in jih pridobiti za izvedbo spomenika padlim v NOB, ki naj bi ga izdelal kot diplomsko nalogo.

Po zaključku zadnjega semestra na ALU se preseli na dom v Bilje in 1. septembra nastopi službo kot učitelj aranžerstva na Šolskem centru za blagovni promet v Novi Gorici.

Nemec je prvi akademsko izobraženi kipar povojne generacije v goriškem prostoru.

Od junija do **odkritja spomenika** na dan republike intenzivno dela: riše, vari in zvija železne lamele ter dela kalup za betonsko konstrukcijo. Spomenik je prvi sodobno koncipiran spomenik na temo narodnoosvobodilnega boja v tem prostoru (300 x 120 cm).

V poletnih mesecih se **prvič predstavi** s skulpturami na Goriškem na skupinski razstavi goriških likovnikov.

*Skupaj s prof. Slavkom Tihcem na ALU, 1. štafetna palica.*

*Domačini in prijatelji mu pomagajo pri spomeniku na Gradišču nad Prvačino.*

## 1972

Nadaljnjih šest mesecev se v prostem času pospešeno in z zagnanostjo predaja realizaciji skulptur **za prvo samostojno razstavo v Galeriji Meblo v Novi Gorici**, ki jo pripravi skupaj s sošolcem in vipavskim rojakom slikarjem Lucijanom Bratušem. Razstavi šest večjih skulptur v lesu (oreh) iz let **1970-72**. S to razstavo se Nemčevo kiparstvo "usmeri v občuteno domišljanje organskih plastičnih oblikovitosti, ki bi jih - tako vneto se prilagajajo naravnim značilnostim lesa kot materiala - kdaj brez težav zamenjali za spontane organske rasti" (Marjan Tršar, 1972). Vsebinsko se opre na rastlinski svet in človeško figuro. Tako pravi Marjan Tršar v uvodu k razstavi: "Posebne dolge, ritmično vleknjene, lesenemu bloku se podrejajoče vitke plastike kot zagnane preoblečene rastline ali poplemenitena drevesa iz našemu podobnega sveta kipijo iz trav, kot klicaji poudarjajo horizontale kamenja, polja, ograd. Tudi druga pot mladega kiparja se lušči iz neposrednega doživetja naravnih resničnosti, le da ji takrat uganemo začeto predlogo v človeškem telesu; pravzaprav v njegovem fragmentu, v danes sila pogostem prekvalificiranju detajla v vrednost celote. Kdaj je to popestritev torza v novi, samo sebi zadostno izrazni telesnosti, kdaj pa - tudi v to smer so iskali kiparjevi koraki - luščenje malone simbolične notranje vsebine našega fizičnega obstajanja; zaustavljanje ob jedrih, semeniħ bodočega razcvetanja, deljenja in ploditve."

Razstava septembra potuje v **Koper**, v galerijo Meduza.

Sodeluje na skupinski razstavi Primorskih likovnikov v Senti, Subotici in Ilirski Bistrici.

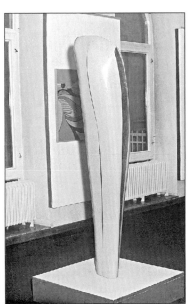

*Prva samostojna razstava v Galeriji Meblo v Novi Gorici.*

*Spomenik Srečku Kosovelu v Hruševici.*

## 1973

Zgodaj spomladi prične z realizacijo **skulpture v kraškem kamnu, v spomin na pesnika Srečka Kosovela**, ki naj bi jo lastnik gostilne v Hruševici na Krasu, kjer je bila tudi galerija 2 x Go, Ivo Grča postavil ob vhodu na dvorišče. Skulpturo po zapletu z OK SZDL Sežana le razkrijejo ob priliki srečanja udeležencev PEN kluba.

28. maja je **sprejet v Društvo slovenskih likovnih umetnikov**.

Poleti realizira **spomenik Ivanu Siliču - Carju** in soborcem v belem betonu **v svoji rojstni vasi**. Ob tej priložnosti oblikuje tudi zloženko in zasnuje značko.

## 1974

Vojaški rok služi v **Sarajevu**, kjer v improviziranem ateljeju naredi **več figuralnih skulptur** v lesu (kasarna maršala Tita), v **Beogradu**, kjer realizira monumentalno skulpturo v železu (varjeno železo) pred muzejem Veze na Banjici.
Sodeluje na **skupinski razstavi** - izboru del, ki ga je pripravil DSLU v **Beogradu** in v **Novem Sadu**.

*Kot vojak je izdelal skulpturo Veza, Beograd.*

## 1975

V svojih kiparskih snovanjih Nemec vedno razmišlja o veliki, monumentalni skulpturi, o realizaciji ideje v velikih dimenzijah in v različnih materialih. Odlično **obvlada portret,** tako v glini in mavcu za poznejše odlivanje v bron, kot tudi v kamnu, ki ga realizira s pomočjo punktirke. **Obvlada tehnologijo varjenja železa, obdelave lesa in kamna.** "Zdi se, da je izrazna moč Nemčevih stvaritev v izrednem poznavanju oblikovnih možnosti materialov, ki jih uporablja, in njih kombiniranju. Umetnikova kreativna sila in stroga racionalna kontrola v njegovih delih enakopravno sodelujeta. Iz kamna, lesa, mavca ali železa oz. kombinacij lesa in železa ali mavca in železa se izpod kiparjevih rok rojevajo umetnine, v katerih čutimo intelektualni in emocionalni napor, ki v gledalcu sproži dialog" (Maruša Avguštin, 1977).

Zato je navdušen nad povabilom **LB TB Nova Gorica**, da bi za likovno opremo novih poslovnih prostorov realiziral **dva reliefa** in portret maršala Tita.

Nastaneta dve monumentalni plastiki iz varjenega železa in lesa (oreh), patinirani s pomočjo postopka, ki ga sam domisli, z naslovoma **Jedro XXII** in **Jedro XXIII**.
"Plastike, kombinirane iz lesa in varjenega železa, pomenijo naslednjo stopnjo avtorjevega razvoja: lesena jedra kot simbol življenjskega vrenja v več plasteh oklepa železo, zvarjeno iz številnih lamel in ploščic, ki lahko simbolizirajo racionalni prototip emocionalni eruptivnosti. Igra lesa in kovine in njuna obdelava daje tem plastikam posebno prefinjen izraz" (Maruša Avguštin, 1977).

Izkleše doprsni **portret Tita**, "ki raste iz kamnite gmote" v lipiškem kamnu.

Portretiranju se kot izvrsten portretist vsa nadaljnja leta ne more več ogniti, saj poleg želja naročnikov, ki v portretu še vedno vidijo temeljno likovno prezentacijo pomembne osebnosti, pomeni tudi enega glavnih finančnih virov za preživljanje. Tako nastane tudi **portret v kamnu Alojza Furlana v Malem Dolu na Krasu**.
Na jesen otvorijo **spomenik padlim v NOB v Podgori pri Gorici** (Piedimonte) v **Italiji**, za katerega, potem ko je arhitektonski del že bil izdelan (delo arhitekta Jožeta Ceja) in ga torej ni bilo več mogoče spreminjati, izdela skulpturo v belem betonu, ki simbolizira splet prstov dveh dlani kot splet dveh, na isti zemlji živečih narodov (350 x 170 x 170 cm).

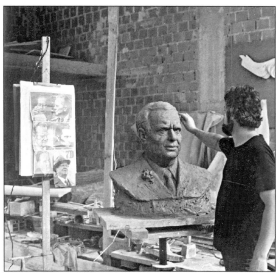

*Kip maršala Tita za Ljubljansko banko, glina.*

## 1976

Majski potres, ki prizadene Beneško Slovenijo, Goriško in Tolminsko, vzpodbudi **nov ciklus**, ki ga Nemec imenuje **Destrukcije** ter ga snuje sprva v mavcu (patinirani mavec v temno modri in svetlosivi barvi), nato v železu (tudi temno modre in svetlosive barve).

28. junija uspešno opravi diplomski izpit na Akademiji za likovno umetnost v Ljubljani. Junija in oktobra postavijo dva njegova **bronasta portreta** nadnaravne velikosti: **prvega v aleji velikih primorskih mož na Erjavčevi ulici v Novi Gorici**, kjer jih od leta 1968 postavlja Klub starih goriških študentov, in sicer **dr. Antonu Gregorčiču**, politiku in javnemu delavcu, in zgodovinarju **Simonu Rutarju** v **Tolminu**. Gre za dobri, psihološko okarakterizirani realistični upodobitvi s tipično poudarjenimi volumni in živim pogledom. Poleg Nemca, ki do leta 1984 realizira 8 podobnih portretov za alejo v Novi Gorici, jih nekaj ustvarita tudi Boris in Zdenko Kalin.

Potres v septembru prizadene gospodarsko poslopje, v katerem ima urejene delovne prostore, zato prične še intenzivneje urejati vso potrebno dokumentacijo za pridobitev gradbenega dovoljenja za zgraditev novega ateljeja in za adaptacijo domačije. Obstoječe gospodarsko poslopje poruši do tal in prične postopoma zidati. Večino del opravlja sam.

**Oblikuje** bronasto **plaketo**, **značko**, **zaščitni znak**, **vabila** in **kuverte** ob 30-letnici Zavarovalnice Sava v Novi Gorici.

*Še zadnja dela za skulpturi Jedro XXII in XXIII, Negovan Nemec, Jožef Šinigoj, Jožko Silič.*

## 1977

Poleti izdela za **LB TB Nova Gorica** monumentalen **relief** iz varjenega in patiniranega železa z naslovom **Destrukcije IX**, ki ga postavijo v ekspozituri v **Idriji**.

*Domačija po potresu.*

5. marca se **poroči** z umetnostno zgodovinarko **Nelido Silič**, rojakinjo iz Bilj.

Pripravlja študije in makete za spomenik primorskim gradbincem v Renčah. Prva maketa je zaradi naslova ciklusa, iz katerega izhaja, zavrnjena, čeprav "izžareva življenjski optimizem, vero v človekovo moč, njegovo željo, da utrdi svoje domove in ostane na svojih tleh kot stoletna drevesa, ki jih zob časa dela samo še bolj monumentalna."

Za **razstavo Likovni trenutek** napravi več manjših in srednjih skulptur na temo **Destrukcije**, v mavcu in v železu. Razstavo organizira DSLU, njen selektor pa je Peter Krečič.

Z dvema skulpturama istega ciklusa sodeluje tudi na **III. bienalu male plastike v Murski Soboti**.

*Otvoritev doprsnega kipa Simonu Rutarju v Tolminu.*

3. septembra se mu rodi sin Primož.

12. oktobra opravi strokovni izpit.

V oktobru v Šivčevi hiši v Radovljici pripravi odmevno **samostojno razstavo**, na kateri predstavi dela iz vseh **treh ciklusov: Ščite, Jedra, Destrukcije.** Avguštinova ugotovi, da celoten njegov opus kaže kiparja, ki mu je blizu predvsem monumentalna plastika in tudi osnutki za večje, ambientalne plastike delujejo monumentalno.

22. decembra postane član ZKS.

*Razstava v Šivčevi hiši v Radovljici.*

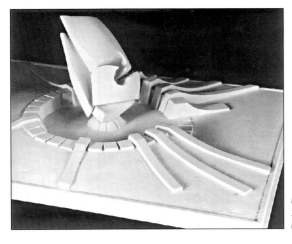

Maketa spomenika v
Štandrežu (Italija),
nerealizirana.

Na otvoritvi razstave v
Galeriji Meblo,
Negovan Nemec,
Klavdij Koloini in
Boleslav Simoniti.

Negovan Nemec in
Rene Rusjan, priprave
za sprejemne izpite na
ALU

Negovan Nemec ob
kipu Ivana Trinka
Zamejskega.

## 1978

Februarja predstavi **maketo** za **spomenik** padlim v **Štandrežu** (S. Andrea) v **Italiji**, ki vključuje celoten, za to namenjen prostor, in predvidi realizacijo iz nerjavečega jekla in marmorja. Zaradi prevelikih finančnih stroškov, kljub soglasni podpori ideji, spomenik ni realiziran.

Sodeluje na razstavi, ki obide različne kraje v zamejstvu in v Sloveniji in ji njen avtor Brane Kovič da naslov **"5 goriških likovnikov"**.

V tem letu odkrijejo več spomenikov, ko jih realizira to leto ali leto prej, tako **pomembnim osebnostim** (v Novi Gorici portret glasbenika **Lojzeta Bratuža** in pesnika **Alojza Gradnika**, v Vipavi pesnika **Draga Bajca**), spomenik NOB na Žagi ter **spomenik primorskim gradbincem** v Renčah, za katerega izdela novo študijo in maketo, ki predvideva manj statično komplicirano rešitev in vsebuje že vnaprej izdelane gradbene betonske elemente. Likovno opremi tudi brošuro Kamen na kamen..., ki izide ob tej priliki, ter značko.

Na podlagi vabila investitorja Lesarskega šolskega centra iz Nove Gorice in arh. Marjana Vrtovca izdela konec decembra 1978 študijo za relief v lesu v velikosti 10 m. Delo ni realizirano.

V drugi polovici leta prične snovati **nov ciklus**, ki ga predstavi na **samostojni razstavi 22. decembra v Galeriji Meblo v Novi Gorici**. Razstava med ljudmi globoko odmeva, saj so šokirani nad sporočilom in likovno interpretacijo, ki ju je vzpodbudilo prizadeto podoživljanje trenutka poslednjega boja človeka z nepremagljivimi elementarnimi silami. V tem ciklu "sta temeljni obliki - konstruktivna in organska - soočeni v intenzivnem medsebojnem dogajanju, ki vešče ustvarja iluzijo zaustavljenega trenutka pred dokončnim propadom, ki ga slutimo kot logično posledico prevlade brezdušnih geometrijskih, lahko tudi strojno, se pravi tehnično narejenih predmetov nad človekom. Ritmično gibanje lesenih plošč, postavljenih bodisi v grozečih diagonalah, hladno in preračunano racionalno urejenih vertikalah in horizontalah, vedno nevarneje razgibanih kockah in podobno, pred našimi očmi požira, utesnjuje, pritiska, skratka uničuje še zadnje ostanke človeškega telesa. Kipar ni kompromisno pripoveden in njegova dela niso varljivi simboli, temveč so neposredna in jasna svarila. Oblike so čiste, nedvoumne barve omejene na črno, brezosebno, ne-barvno in najbolj kričečo, svarečo in impulzivno rdečo. Te skulpture se nam zdijo kot iztekajoči se kadri grozljivega filma, ki pa na žalost to ni" (Jure Mikuž, uvod v katalog, 1978). Razstavi 12 skulptur.

Poleg tega da ima kot učitelj tako na Šolskem centru za blagovni promet kot na gimnaziji veliko število pedagoških ur, se vključuje tako **v delo z mladino** izven obveznega delovnega časa, skrbi za izobraževanje in sodeluje kot delegat v različnih komisijah, tako v okviru družbenopolitičnih organizacij kot v skupščini kulturne skupnosti. Posebno **srečanjem z učenci** namenja veliko časa in pozornosti, bodisi da jih vabi v svoj atelje bodisi da jim predava na šoli ali pa na razstavah svojih del ali del drugih likovnih ustvarjalcev. Velikokrat v svojem ateljeju pripravlja učence, ki se želijo vpisati na srednjo šolo za oblikovanje, ali pa dijake, ki se pripravljajo na sprejemne izpite za na Akademijo za likovno umetnost v Ljubljani. Dijaki mu v svojih glasilih velikokrat namenijo prispevke ali pa mu celo posvetijo celo številko.

## 1979

To leto postavijo več njegovih **portretov** pomembnih Primorcev: v **Novi Gorici** politiku **dr. Josipu Vilfanu**, v **Renčah** prvoborcu **Mariu Preglju-Darku**, **Ivanu Trinku-Zamejskemu**, buditelju Beneških Slovencev, v **Novi Gorici** in v **Čedadu** (Cividale del Friuli) v Italiji.

Sodeluje na **10. bienalu mladih** na Reki in na razstavi **Slovenska likovna umetnost 1945-78 v Moderni galeriji v Ljubljani.**

Na jesen prosi za mesec dni brezplačnega dopusta, da bi realiziral pet monumentalnih skulptur v železu kot likovno opremo v novi stavbi Uprave javne varnosti Nova Gorica. Skupaj s prijateljem, ki ima prostor in varilni aparat, reže, zvija, vari in kasneje barva, pravzaprav železo oblikuje tako, kot bi ga modeliral. Nastanejo dela: Preboj I (530 x 200 x 45 cm), Preboj III (900 x 220 x 60 cm), Preboj IV (50 x 50 x 130 cm), Preboj V (620 x 190 x 45 cm) za stavbo v Novi Gorici in Preboj II (110 x 100 x 200 cm) za stavbo v Tolminu. Na to temo izdela tudi skulpture manjših dimenzij, ki jih odliva v bron. **Prvič se odloči za malo skulpturo**, pravzaprav se mu ideje porajajo ob skiciranju za skulpture in reliefe za UJV.

**Risanje** je sploh njegova poglavitna študijska priprava za realizacijo kakršnegakoli tridimenzionalnega ali dvodimenzionalnega objekta.

*Jeseni 1979 Nemec vari pet skulptur za UNZ Nova Gorica.*

Uspe do strehe zgraditi nov prostoren atelje (kot prvo fazo), da v njem deponira dela in materiale, ki jih je dotlej imel v improviziranih barakah.

Sklene prijateljstvo s kamnosekom in velikim poznavalcem marmorjev in granitov, Egonejem Verzegnassijem iz Romansa (Italija); ta mu pomaga pri nakupu marmorjev.

## 1980

Iz **kraškega kamna** kot spomin na svojega profesorja in prijatelja **Borisa Kalina** izkleše **relief**, ki ga vzidajo na Kalinovo rojstno hišo v Solkanu, ter iz **carrarskega marmorja portret maršala Tita**.

*Forma viva v Kostanjevici na Krki.*

10. aprila se mu rodi sin Matjaž.

Udeleži se javnega natečaja za izdelavo spominske skulpture Soško gozdno gospodarstvo Tolmin in izdela maketo v mavcu z naslovom Brstje I. Zanjo prejme **drugo nagrado**.

Za športno manifestacijo Pohod po biljenskih gričih realizira osnutek za **plakat** in **priznanje**, ki ga nadaljnja leta modificira. Kot navdušen športnik, vendar sam neaktiven, domačemu klubu pomaga pri grafičnih upodobitvah. Njegov je tudi znak Nogometnega kluba na zastavici.

Strokovna komisija ga izbere za jugoslovanskega udeleženca na **dvajseti jubilejni Formi vivi v Kostanjevici**. Iz krakovskega hrasta izdela v juliju in avgustu skulpturo z naslovom **Preboj**.

S prvim septembrom odpove delovno razmerje profesorja aranžerstva in likovne vzgoje (na Šolskem centru za blagovni promet in na Gimnaziji v Novi Gorici) ter dobi status umetnika v svobodnem poklicu. To odločitev dolgo nosi v sebi, vendar mu težak gmotni položaj in želja, da bi si ustvaril delovni prostor, niso dopuščali, da bi se bil prej odločil za ta korak.

Za spomenik NOB v Volčah izdela relief Trnje (bron).

Povabljen sodeluje na **14. razstavi Likovnega salona Trinaesti novembar** in prejme **prvo in odkupno nagrado** za skulpturo Preboj XII iz carrarskega marmorja.

Za festival sodobne slovenske glasbene ustvarjalnosti, **Kogojeve dneve**, ki vključujejo tudi prezentacijo likovne in literarne ustvarjalnosti medvojnega obdobja na Slovenskem in je posvečen spominu kanalskega rojaka, glasbenika Marija Kogoja, **izdela emblem kot zaščitni znak festivala, plakat in vabilo.** To je ekspresivna podoba glasbenika v kombinaciji klavirskih tipk.

**Likovno opremi knjigo** Nelide Silič Nemec Povojni javni spomeniki na Primorskem (Založba Lipa - ZTT - Goriški muzej), ki izide v juniju 1982.

*Znak za Kogojeve dneve v Kanalu ob Soči*

*Makete za fontano za Slovensko plažo v Budvi.*

*Negovan Nemec reže skulpuro Zorenje V za razstavo v Novi Gorici.*

*Odkritje doprsnega kipa Ivanu Suliću-Carju v Biljah leta 1981.*

## 1981

Skupaj z arh. Vinkom Torkarjem sodeluje na jugoslovanskem javnem **natečaju** za izdelavo **spomenika labinskim rudarjem** in izdela maketo v mavcu.

Poleti snuje **študije** in **makete** za **veliko fontano v hotelskem** naselju Slovenska plaža arh. Janeza Kobeta v **Budvi**, ki zaradi finančnih težav žal ni realizirana. "Metaforičnost, ki naj jo z notranjo napetostjo izžareva skulptura (predvidoma izvedena v prosojni belini carrarskega marmorja) naj bi s prej omenjenimi značilnostmi forme asociirale napeta jadra jadrnice; gladina vode, sprva le lahko razgibana, naj s curki vode iz drugega v tretji vzdignjeni bazen fontane to asociacijo poudari; luči, ki bi ponoči osvetljevale skulpturo z močno direktno svetlobo izpod nje in indirektno ob krajih najbolj oddaljenega oboda vodnega bazena, naj bi bile nujno dopolnilo magičnosti hotenja iluzije" (Tatjana Pregl, 1987).

To je leto, ko se v večji meri posveča proučevanju **male plastike** v **kamnu**, v **marmorju**, predvsem carrarskem, in kasneje prilepskem. Je prelomno leto, in kot pravi J. Mesesnel, je Nemec "prešel kup eksperimentalnih obdobij, in izdelal nekaj spomenikov, udarnih, modernih, svojskih, angažiranih v okviru neke nove, zahtevne in vendar razumljive upodobljivosti. A zdi se, da je dozorel šele zdaj, v teh majhnih in komajda srednjih kamnitih kipcih, svojskih oblikah, v katerih povzema srž nekega življenja, življenja nasploh in njegovih svobodno interpretiranih zunanjih znakov."

Prve skulpture v carrarskem marmorju z naslovom Brstje izoblikuje leta 1980, naslednje leto pa nastanejo dela z naslovi: Preboj, Hrepenenje, Popek, Kipenje in Zorenje.
Dela predstavi na **štirih samostojnih razstavah**: najprej v **Ljubljani** aprila, v **Sežani** konec junija in v septembru v **Galeriji Meblo v Novi Gorici**, ko razstavi dvajset skulptur, risbe in fotopovečave skulptur in javnih del v fotografskih posnetkih Egona Kašeta. Ob razstavi, ki jo postavi Tatjana Pregl, izide bogat katalog s tekstoma Andreja Medveda in Janeza Mesesnela ter bogato dokumentacijo in reprodukcijami del. Katalog služi obenem za razstavo **v ajdovski Pilonovi galeriji** in v **koprski Meduzi**, kjer kritik Andrej Medved podčrta temeljne ugotovitve novih Nemčevih iskanj: "Potem pa naenkrat prevlada uvita in razvita, krožna in spiralna forma, ki daje vtis celote in ni le hip, trenutek našega pogleda. Zavlada čista likovnost in rast iz sebe; kot neodvisna, kot da nima časa. Vendar pa to seveda ne pomeni, da so izdelki kiparja Negovana Nemca zgolj anorganski, idealni. V njih je prisotna tudi iluzija na meso, na kožo, ki utriplje, diha, se odpira, lušči in uvija vase kot gibka, čutna polt. Ohlapne kožne krpe, luske in jeziki, micelične plasti, razrastki. Prelivanje, plastenje jedra ter krhkih in nabreklih ženskih tvorb. Kot vlažne in prozorne ustnice; iz porcelana. Kakor telesni deli, ki nimajo kosti, ogrodja; ki se zdaj zlepljajo, spojijo in spet odrivajo v spolzke ploskve. Umirjeno rojevanje oblike; počasno, nič magmatsko kipenje marmorne tvari. In vendar sta telesnost, erotizem nekako zaustavljena, otrpla, votla. Kot da v hipu osteklita, se spremenita v cvetne liste, vegetabilne forme; razrasle, stilizirane in secesijske. Čista pisava, vpisovanje možnih variant; larpurlartizem, igra. V tem je nekakšna samopotrditev, avtoafekcija kiparjevih spoznanj. Utrip mesa in kože je le še hladno valovanje kamna; perfektna obdelava, ki je vsa vsebina. V tem je estetskost in dogodek; v heideggerjanskem smislu, kot združenost in spojitev. V tem je lepota, ravnotežje, skrajni mir; kot pri Japoncih. Nič dvojnosti, nič več prelomov; samo praznina, ki je polnost; dar - protidar; in zlitost, eno bitje" (Andrej Medved, 1981).

Sodeluje na **V. Bienalu male plastike** v **Murski Soboti** in **Ingolstadtu** ter na razstavi, ki jo organizira DSLU, **Likovni trenutek 81** v **Ljubljani** in **Zagrebu**, kamor ga povabi selektor Iztok Premrov.

To leto izdela portret narodnega heroja **Ivana Suliča-Carja**, ki ga septembra odkrijejo v **Biljah**, in bronast **relief** z upodobitvijo kurirčka kot dopolnitev na obnovljenem spomeniku padlih v NOB v Grgarju.

Pilonova galerija Ajdovščina in DSLU ga za kiparske razstave v zadnjih dveh letih predlagata za nagrado Prešernovega sklada. Predlagan je še dvakrat, vendar nagrade ne prejme.

Za novi kulturni dom v Novi Gorici odkupijo skulpturo v bronu Preboj VII, 1979, za novi kulturni dom Slovencev v Gorici pa skulpturo iz carrare Hrepenenje I, 1981.

Po naročilu Kluba starih goriških študentov in Društva slovenskih pisateljev prične izdelovati skice, študije in makete za **spomenik** pisatelju **Ivanu Preglju** na **Mostu na Soči**, na željo družine Pregl izdela **portret** očeta **Mirka Pregla** v naravni velikosti.

*Pri Siličevih, Lojzka Peršič, Negovan Nemec, Rene Rusjan, Ingrid Silič, Neda R. Brič, Jožko Silič, Anton Nanut.*

## 1982

To leto mu poteka v znamenju prirejanja **samostojnih razstav** v različnih slovenskih galerijah: januarja skupaj z Janezom Mateličem v **Trbovljah** (Galerija Delavskega doma); aprila v **Ljubljani** (Galerija DSLU), maja v **Celju** (Likovni salon); junija v **Mariboru** (Razstavni salon Rotovž) in na **dvorcu Zemono**, novembra v **Slovenj Gradcu** (Umetnostni paviljon) in decembra v **Splitu** (Galerija Alfa).

Najobsežnejša je predstavitev v **Slovenj Gradcu**, kjer razstavi **75 skulptur** majhne in srednje velikosti, **25 risb** in **15 fotopovečav na platnu** (avtor Egon Kaše) javnih del in skulptur.

Kritiki, ki prispevajo uvodne tekste v kataloge in zloženke ob teh razstavah, odkrivajo kiparske kvalitete mladega ustvarjalca in zapišejo: "da je že v prvih delih, ki so nastala pred dobrim desetletjem, pokazal, da je rojen kipar. Pod njegovimi rokami je dobil les, beton, železo ali kak drug material tako podobo, da nas je vsakokrat presenetil s svojo globoko logiko in močjo. Tradicija kraškega kamnoseštva in surove ljudske plastike se je tako preselila na novo, višjo raven" (dr. Ivan Sedej, 1982); ugotovitve, da ko "kipar uravnoteži notranje vibracije in ritem kamna z že rutinsko perfekcionističnimi gestami, ko tekmuje s svojo kondicijo in vzdržljivostjo brusilke z upornostjo kamna, in ko s svojo težko roko ustvarja najnežnejše gibke forme, pa marmor dokončno gladko spoliran zaživi s svojo simbolično pojavnostjo" (Tatjana Pregl, 1982); in zapišejo da so marmornate skulpture medse sprejele "estetski naboj, ki deluje kot vezivo in neprestan nadzor, kot organsko vtkana sestavina in tista poetična črta, katera pomaga premagati nazorsko, oblikovno ali konstrukcijsko še tako drzno in nekonvencionalno zasnovani umetnini časovni jezik, ter jo povzdigne iz trenutne, časovno omejeno učinkujoče informacije v kategorijo trajno učinkujoče, široko sporočilne umetnine" (Janez Mesesnel, 1982).

S temi šestimi samostojnimi razstavami slovenska javnost in kritika Nemčevo kiparstvo pravzaprav prvič spozna v taki širini in prvič, četudi so mnenja še vedno deljena, izreka priznanja in pohvale.

Organizacijo razstav prevzame sam in prevoz marmornatih skulptur zahteva varno embalažo, ki jo kipar sam priskrbi. Tudi postavitev razstave je njegova skrb, saj želi skulpture vkomponirati v prostor tako, da bi v premišljenih kompozicijah zaživele kot skupki organskih form.

Ob razstavi v Celju prejme pismo 2. b razreda gimnazije v Celju, v katerem mu pošljejo četrto številko časopisa Steklene miši z naslovom: "Umetnikovo delo razodeva dragocena in tiha lepota, ki izstopa iz materije in je hkrati ujeta vanjo." Pripišejo, da so si razstavo ogledali "čisto slučajno in na prostovoljni bazi."

Kot **predsednik Društva likovnih umetnikov Severne Primorske** organizira skupinske razstave članov društva v Labinu (Narodni muzej) in v nekaterih slovenskih galerijah (Škofja Loka, Ljubljana, Novo mesto, Celje).

Odkrijejo spomenik - doprsni **portret** v marmorju **Petra Butkoviča-Domna** v **Sovodnjah** (Savogna d'Isonzo) v Italiji in zmodelira portret zgodovinarja **Milka Kosa** za alejo pomembnih Primorcev v **Novi Gorici**. Spomladi izdela monumentalno skulpturo v globokem reliefu, iz hrasta, z naslovom Zorenje 82 za novo zgradbo Doma železničarjev v Novi Gorici.

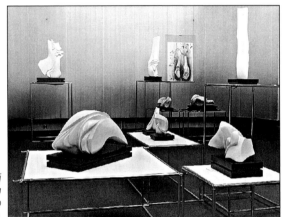

*Razstavo v Slovenj Gradcu postavljata skupaj z Nelido Nemec.*

*V Beogradu so postavili skulpturo Plamen v znak sodelovanja med gasilci iz Šempetra in Voždovca.*

Člani Društva likovnih umetnikov severne Primorske.

Ravnateljica Marta Fili otvarja razstavo v Tolminu.

Negovan Nemec korigira štafetno palico v livarni Likovne akademije v Zagrebu.

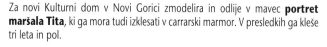

Za novi Kulturni dom v Novi Gorici zmodelira in odlije v mavec **portret maršala Tita**, ki ga mora tudi izklesati v carrarski marmor. V presledkih ga kleše tri leta in pol.

Msg. Maksimilijan Jezernik, rektor, profesor na papeški univerzi Urbaniana, predsednik slovenske bogoslovne akademije, ga septembra 1982 povabi, naj bi izdelal **vrata za Papeški slovenski zavod** (**Slovenicum**) v **Rimu**, na katerih bi ponazoril zgodovino Slovencev. Vrata naj bi odlili v bron. S to rešitvijo se dolgo ukvarja, vendar do realizacije ne pride.

Sodeluje na javnem natečaju za izdelavo spomenika Ivanu Cankarju.

Iz carrarskega marmorja izkleše relief kot **nagrobnik** Mirku Preglu st. (Žale, Ljubljana), v katerega vtke nežen preplet mehko občutenih form, ki simbolizirajo življenje.

Skupaj s slikarjem Lucijanom Bratušem prejme povabilo, da se udeleži jugoslovanskega natečaja za izdelavo plakete in celotne vizualne rešitve za nagrado Edvarda Kardelja; prejme **odkupno nagrado**.

## 1983

Za 12. Srečanje malih odrov, festival gledališč v Novi Gorici, izdela **skulpturo Vrtnica** kot simbol srečanja in kot priznanje za nagrajena dela.

V februarju pripravi **samostojno razstavo v Tolminu**. Otvoritvi da pečat klavirski recital pianistke Ingrid Silič, njegove svakinje.

V **beograjski Galeriji Doma JNA** pripravi zelo odmevno **samostojno razstavo**, kjer v prostornih razstavnih prostorih razstavi 45 malih in srednjih skulptur, 15 risb in 10 fotopovečav na platnu.
Brane Kovič prikaže Beograjčanom njegove plastike med drugim kot estetsko dognane in elegantne, ki so v vsoti pogledov "resda abstraktne, čiste forme, ki naj ne bi izrekale ničesar razen samih sebe. V njih ni pripovedne anekdotičnosti, zato pa so toliko bolj nabite s simbolnimi pomeni, natančneje, s tisto prvinsko erotično simboliko, ki je gibalo vsega živega."
Razstava je deležna velikega zanimanja tako pri beograjskih kritikih in likovnih ustvarjalcih kot pri predstavnikih tiska in televizije. Televizija Novi Sad posname 25-minutno oddajo o razstavi in o njenem ustvarjalcu.

Sploh je te spomladanske mesece Nemec v središču pozornosti jugoslovanske javnosti, saj **4. marca zmaga na vsejugoslovanskem natečaju** za idejno rešitev **štafetne palice** s prvo nagrado in drugo nagrado za značko.
Med 32 idejnimi rešitvami, ki prispejo v Zagreb na sedež RK ZSM Hrvaške kot organizatorja, zmaga njegova idejna rešitev zapirajočega se cveta, organska forma, ki v mehko prelivajočih se volumnih lupine v sredini poudarja šest brstov, kot simbol šestih republik. Mavčni model odlivajo v bron v livarni zagrebške likovne akademije pod njegovim nadzorstvom in ga spolirajo do visokega sijaja. Prefinjeno doživeta in dognana palica, ki jo snuje z izkušnjami in z istim idejnim in oblikovnim konceptom kot ateljejsko plastiko, pritegne pozornost in navduši.

Marca se dogovarja za sodelovanje na mednarodnem kiparskem simpoziju v granitu v Aix-sur-Vienne v Franciji, vendar se zaradi drugih obveznosti povabilu ne more odzvati.

Maja razstavlja v **Šivčevi hiši v Radovljici**, sicer pa je povabljen tudi na razstavo **jugoslovanske plastike v Pančevo** in na razstavo **Mladi slovenski kiparji in slikarji** v **Ljubljano**, **Novi Sad** in **Beljak** (Villach).

Skozi vse leto posveča veliko časa in energije obnovitvenim delom na **spomeniku padlih IX. korpusa**, ki naj bi po zamisli in odločitvi družbenopolitične skupnosti postal osrednji spomenik padlim v novogoriški občini. Okrog realizacije spominskega parka in obnove grobnice je veliko idej, ki se izkažejo kot težko uresničljive, zato je k reševanju povabljen tudi Nemec, ki ponudi sprejemljivo rešitev.

Prav tako realizira simbol spomenika za vse reklamne panoje, značko in opremo brošure, ki ob otvoritvi tudi izide.

Za septembrsko praznovanje ob 40-letnici ustanovitve IX. korpusa izdela simbolni **znak**, **značko**, **plaketo** in **plakat** - celostno grafično opremo proslave.

*Pri patiniranju deset-metrske skulpture za Soške elektrarne so mu pomagali znanci.*

Na povabilo izdela študije (več variant) celostne grafične podobe za HGP Gorica, od zaščitnega znaka do predlogov za uporabo znaka v različne reklamne namene, vendar do realizacije ne pride.

V poletnih mesecih snuje **veliko skulpturo iz varjenega železa**, ki zaradi svoje oblikovne rešitve zahteva veliko tehnološkega znanja, tako pri oblikovanju železa kot pri varjenju in kasneje tudi pri patiniranju; to slednje zahteva poseben tehnološki postopek. **Skulptura Energija** je tako realizirana, da na prvi pogled daje vtis, da je bila zmodelirana in kasneje vlita v bron. Relief v dolžini 10 m je postavljen v obnovljenih prostorih območnega centra vodenja Soških elektrarn v Novi Gorici. Otvoritev prostorov je 16. decembra in zanje Nemec prispeva tudi opremo, saj izdela načrt komandnega pulta, ki ga izvede Stol iz Kamnika.

*Mediteranski kiparski simpozij v Labinu.*

## 1984

V počastitev slovenskega kulturnega praznika v Mestni galeriji v Ljubljani odprejo **razstavo** kipov **Negovana Nemca** in slik **Vide Slivniker Belantič**, ki v vseh prostorih razgrne ustvarjalnost njunih zadnjih let; Nemec razstavi 28 skulptur iz obdobja 1981 - 1983.

V prvi polovici leta kleše v kraškem kamnu, težkem 10 ton (300 x 200 x 100 cm), spominsko skulpturo v počastitev padlih v NOB za **Rožno Dolino pri Novi Gorici**.

Konec junija se na povabilo udeleži **13. mediteranskega kiparskega simpozija na Dobravi pri Labinu**, ki traja do srede septembra. Izkleše kip v istrskem kamnu z naslovom Prebujanje (300 x 120 x 130 cm).

V avgustu se odzove povabilu za sodelovanje na mednarodni razstavi male skulpture v Sesljanu (Sistiana) v Italiji. Na slovesnosti ob prazniku Nove Gorice dobi za svojo ustvarjalnost Bevkovo nagrado.

Konec leta pripravi **samostojno razstavo** male marmornate plastike v **Galeriji Labirint** z novimi deli, ki jih ljubitelji navdušeno sprejmejo.

Velika časovna stiska ga priganja v nenehno delo, tako za realizacijo kiparskih zamisli in programov, kot tudi delo v zvezi z gradnjo ateljeja in bivanjskih prostorov v svoji rojstni hiši, kamor naj bi se z družino preselil. Toda fizične moči, ki jih brez pomisleka predaha črpa, ga opozarjajo, da mora poskrbeti zase. Roke in noge od dela postajajo otrple. Konec leta odide za dva tedna v toplice, da bi se pripravil za številne naloge, ki ga čakajo v naslednjem letu.

*Prvi posegi v kamen za spomenik za Rožno Dolino.*

*Trije veliki bloki kraškega kamna na rampi pri ateljeju v Biljah.*

*Zaključna dela na spomeniku diverzantom za Novo Gorico.*

*Delovni obisk v Amanu.*

## 1985

S tovarno pohištva **IZTOK Miren** prične razgovore o **oblikovanju pohištvenih elementov za spalne prostore**. Rojeva se več variant, ki se izoblikujejo v rešitev, ki ji da naslov **Prebujanje - Revival**. Kiparske elemente oblikuje v merilu 1 :1, jih odlije v mavec, livar Kamšek v Ljubljani pa v bron, Nemec pa jih spolira do visokega sijaja. Spalnico prvič predstavijo decembra na gradu Kromberk.

Zmodelira **relief**, ki simbolizira napad na Belvedere pri Vidmu (Udine) v Italiji, in **portret** narodnega heroja **Marka Redelonghija**; oboje postavijo v **Starem selu na Tolminskem**.

Za **Postojno** zmodelira **portret Karla Levičnika**, za **Čepovan** pa **stilizira ležečo figuro**, ki jo tako kot zgoraj omenjene skulpture, odlijejo v bron in jo kot spomenik padlim v NOB postavijo v arhitektonsko in hortikulturno urejeno okolje.

Zaradi prevelike obremenjenosti in zaradi nalog, ki ga še čakajo, odpove sodelovanje na mednarodnem kiparskem simpoziju v Zarantouju v Španiji.

Poleti mu na rampo, zabetoniran plato nekaj metrov naprej od ateljeja, ki ga v večini z lastnimi rokami izdela, pripeljejo tri ogromne več desettonske bloke kraškega kamna. Vsi trije so namenjeni spominu pomembnega obdobja slovenske zgodovine.

Ob občinskem prazniku novogoriške občine v začetku septembra odkrijejo spomenik, postavljen v hortikulturno urejeno okolje (načrte zanje napravi Marvy Sušnik) **diverzantom v Novi Gorici**, ki brez pripovednih primesi v abstraktnem jeziku prepleta volumnov in mas ponazarja delovanje diverzantskih skupin tega področja.

Komaj postavi prvo kamnito monumentalno skulpturo v Novi Gorici, že prične pospešeno klesati, rezati, vrtati in štokati novo, po dimenzijah in tonaži še večjo skulpturo, ki v abstraktnen, likovno prečiščenem jeziku asocira rano, bolečino naroda in posameznika, ki se sooča z vojno, z nasiljem, s smrtjo. Skulptura je locirana v **Šempetru pri Gorici** v arhitektonsko in hortikulturno urejeno okolje in jo kot spomenik padlim odkrijejo na krajevni praznik konec septembra (250 x 350 x 180).

V jeseni izdela ovitek za **brošuro** 25 let MPZ "Franc Zgonik" iz Branika in tudi **relief** na temo izgnanstva in požiga vasi v betonu (310 x 150 cm).

Sodeluje na razstavi **Kritiki izbirajo** v **Galeriji Labirint** v Ljubljani.

## 1986

**Tovarna pohištva IZTOK iz Mirna** izda eleganten **katalog** o **spalnici Prebujanje**, ki jo predstavijo na koelnskem in kasneje na beograjskem sejmu pohištva, kjer vzbudi precejšnje zanimanje. Uvod v katalog prispeva dr. Nace Šumi, fotografije pa Egon Kaše. Prav tako je o umetniku, njegovem siceršnjem kiparstvu in o spalnici "Prebujanje" še posebej, posnet **video spot**, ki ga posname Joco Žnidaršič s sodelovanjem Metke Polenčič. Spalnica je aprila predstavljena z velikim uspehom in odmevom v sredstvih javnega obveščanja v **Amanu v Jordaniji**, kjer se tudi ob osebnem kiparjevem obisku dogovore o **izdelavi monumentalne plastike**, ki naj bi bila postavljena v bližini kraljeve rezidence in o samostojni razstavi njegovih skulptur v tem mestu.

Povabijo ga k sodelovanju na interni natečaj SO Tolmin za malo plastiko - plaketo skupaj s slikarjem M. Volaričem in F. Golobom.

Aprila pripravi v okviru kulturne izmenjave med Gorico in Novo Gorico **obsežno pregledno samostojno razstavo** v razstavni dvorani Avditorija v Gorici (Italija), kjer razstavi 30 marmornatih skulptur, nastalih od leta **1971-1985**, 11 risb in 6 fotopovečav skulptur na platnu.
Dr. Nace Šumi ob ugotovitvah, da je v prejšnjih njegovih umetninah začutiti "nekaj izrazitejše ekspresivne vsebine, ki je od nekdaj bremenila zlasti severnjaško umetnost", poudari, da je zase prepričan, "da se je kipar - kljub nedvomno umetniškemu uspehu - odpovedal taki usmeritvi prav zaradi vseobvladujočega mediteranskega priznavanja tekoče izpeljane kiparske gmote, ki jo označujejo tudi že naslovi njegovih del: Preboj, Brstenje, Zorenje in podobni."

*Nace Šumi predstavlja Likovno delo meseca v Cankarjevem domu.*

V tem času je kipar sredi dela za **spomenik** padlim v **Kromberku**. Monumentalno skulpturo, ki asociira ranjeno telo, komaj zaznavno, s tekoče prepletenimi linijami, prelivi volumnov in poudarki mas, postavijo na urejeno zelenico pod mogočni hrast. Odkritje je 17. junija.

Ta mesec je v znamenju še treh pomembnih in zanj vzpodbudnih dogodkov: dr. Nace Šumi predstavi njegovo delo kot **Likovno delo meseca**: Navdih življenja I (marmor, 90 x 140 x 35), ki ga ob pomoči kiparja Zmaga Posege izkleše v pičlih štirih dneh in nočeh, saj carinske omejitve ne dovolijo povratka skulpturi Navdih življenja (1985). Kiparjevo delo predstavi kot "danes enega vrhuncev slovenskega kiparstva in kiparstva sploh."

V **Galeriji Tržaške knjigarne**, LB Ljubljana v organizaciji Ide Reboljeve, odpre v juniju **razstavo**, ki v premišljeni postavitvi, ki jo tako kot skoraj vse dotlej, postavi kipar skupaj z ženo Nelido, razkriva tiste kvalitete njegovega kiparstva, ki jih A. Bassin opredeli kot "izraziti erotični naboj" v vitalističnem skulpturalnem razmišljanju.

V **ljubljanski galeriji Lerota** razstavi še najnovejšo in najmanjšo plastiko, ki je "del obsežnega cikla simbolom življenja posvečenih izdelkov" (Jadranka Bogataj, 1986).

*Skupaj s kiparjem Zmagom Posego klešeta spomenik za Kromberk.*

Poletne in jesenske mesece namenja študijam in že kiparski realizaciji skulpture "Harmonija življenja I", 1986 (bron, 45 x 20 x 30 cm) kot osnutku za **monumentalno skulpturo** v **Amanu**. Proda prve skulpture zbiralcem v ZDA.
V juniju Andrej Minkuž napiše diplomsko nalogo na Pedagoški akademiji v Ljubljani, v kateri razčleni njegovo ustvarjalnost.
Comune di Fanano ga povabi k sodelovanju na 4. mednarodni simpozij v kamnu v juniju, vendar tokrat zaradi drugih obveznosti in tudi že fizične izčrpanosti mora odpovedati.

V poletnih mesecih zmodelira **tri portrete Rudija Greifa, Mileta Špacapana** in **Jožeta Lemuta**, ki jih postavijo, ne da bi pri postavitvi sam sodeloval, v Novi Gorici.

Sodeluje na internem natečaju za izdelavo embalaže Iskre Avtoelektrike iz Šempetra. Ivanu Batiču, vinogradniku iz Šempasa, pripravlja grafično podobo etikete za sortna vina. Kot prijatelju, tako kot tudi mnogim drugim prijateljem in znancem, nariše osnutek in izdela maketo za očetov nagrobnik. Tako kot mnogo drugih rešitev, predvsem grafičnih, in ureditev zunanjih prostorov, dvorišč ali dela interierov, nikdar ne evidentira, zato so podatki o tem pomanjkljivi.

V dogovoru s tovarno IZTOK načrtuje **novo spalnico**, oziroma elemente za spalne prostore, ki naj bi jih za razliko od prvega projekta, ki je bil unikaten in s kiparskimi elementi v bronu, izdelovali serijsko v novi tehnologiji z uporabo poliestra za kiparske intervencije.

*Župan Gorice Antonio Scarano otvarja razstavo v Avditoriju v Gorici.*

*Otvoritev zadnje samostojne razstave v Špetru Slovenov v Beneški Sloveniji*

*Makete za skulpturo bika za MIP Nova Gorica.*

*Zadnje slovo.*

## 1987

Ob slovenskem kulturnem prazniku v **Špetru Slovenov pri Čedadu** (S. Pietro al Natisone) v **Beneški galeriji** pripravijo razstavo skulptur in risb ob prisotnosti številnih predstavnikov političnega in kulturnega življenja občine in pokrajine. Italijanski kritiki in javnost sprejemajo njegovo kiparstvo s simpatijami, odkrivajo njegovo plemenito sporočilnost in naglašajo, da "vendar je v teh oblikah živ utrip ženske telesnosti, ki jo umetnik uživa v njeni nedolžnosti, kot delčke razsutih erotičnih sanj, iz katerih se v sladki zamaknjenosti rišejo nadrobnosti telesnih oblik, ki jih posreduje spomin" (Licio Damiani,1987).

Učenci zgodovinskega krožka OŠ Milojke Štrukelj v Novi Gorici za srečanje pionirjev zgodovinarjev aprila pripravijo pod mentorstvom Ane Skerlovnik-Štrancar raziskovalno nalogo "Ustvarjalne osebnosti 20. stoletja v našem okolišu", v kateri v obliki intervjuja prikažejo tudi ustvarjalnost Negovana Nemca.

V ateljeju dokončuje **portret** do pasu skladatelja in borca **Rada Simonitija**, na kiparski vrtljivi mizi raste velika podoba **Bika**. Že nekaj mesecev ga preokupira misel na **Bika**, ki naj bi ga kot parkovno skulpturo postavili v hortikulturno urejeno okolico Mesne industrije Primorske, na zelenico pred poslopjem. Ustvari veliko skic, študij in dve maketi in se veliko ukvarja z modelom, ki naj bi ga prenesel v carrarski kamen. Monumentalni blok kamna si sam odbere v kamnolomu v Carrari pri Firencah.

V prvih mesecih tega leta sploh veliko **riše** v flumastru in tudi v barvah, predvsem **v pastelu**. Prvič se posveča tudi **grafiki**, ki mu jo tiskajo v Vidmu in v Ljubljani. Predvsem se sprošča ob lastnoročnih intervencijah v že odtiskan grafični list - v litografijo, ki je bila osnova. Veliko risb uniči, posebno tiste, na katere vizualizira nov ciklus, ki naj bi ga predstavil na jesen v Novi Gorici, v galerijskih prostorih in zunaj v parku ob ulicah in trgu kot **parkovno plastiko**. Ciklus novih del naj bi klesal v kraškem, lipiškem kamnu.

Spomladi naveže trdne stike z galeristko Giovanno Barbero in trgovcem umetnin Adrianom Villata iz Rima, za katerega izdela deset skulptur kot multiple v bronu, ki jih prodajajo v tujini.

Dogovori se tudi za več **razstav v tujini**, ki naj bi se pričele septembra v Vidmu, nato Torinu, Rimu in Benetkah. Prav tako pa tudi izdela **model za lesene multiple**, ki jih po posebni tehnologiji naredijo v Tovarni pohištva LIPA v Ajdovščini za Zavarovalno skupnost Triglav iz Nove Gorice. Skulpturi da naslov Približevanja.

Na osebno povabilo organizatorjev sodeluje na razstavi Scultura lignea e pitura su legno, ki je bila v Villi de Brandis v kraju **San Giovanni al Natisone**.

25. junija v dopoldnevu skupaj z otroki biljenske šole, ki so tudi to šolsko leto, kot tudi že tri leta prej, obiskovali pri njem v ateljeju kiparski krožek, postavlja **zaključno razstavo** in pomaga pri urejanju dvorane, kjer naj bi bil zaključni nastop šolskih otrok. Krožek je obiskoval tudi njegov devetletni sin Primož.

Zvečer se na Kekcu nad Novo Gorico ponesreči in po dveh mesecih agonije **26. avgusta popoldne v Kliničnem centru v Ljubljani umre.**
Še zadnjič ga pripeljejo v njegov še ne povsem dokončani atelje na Marogovnik. Pokopan je na biljenskem pokopališču.
V ateljeju ostanejo nedokončane risbe, grafike in monumentalna figura Bika v glini.

Septembra odkrijejo njegovo poslednje **dokončano delo, spomenik** skladatelju **Radu Simonitiju**, v Novi Gorici, mestu, ki mu je tisto jesen hotel vtisniti svoj pečat.
Novembra se prično aktivnosti za pripravo monografije, ki potekajo pod okriljem Znanstvenega inštituta Filozofske fakultete in Goriškega muzeja, vodi pa jih **prof. dr. Nace Šumi**. Odzovejo se številne primorske delovne organizacije.

# KIPAR
# NEGOVAN NEMEC
## POEZIJA V KAMNU
## DESET LET POZNEJE

RAZSTAVE
NAGRADE
SIMPOZIJI
JAVNE
PLASTIKE

**1971**

Vlado Hmeljak, Pavel Medvešček,
Negovan Nemec, Rafael Nemec,
Nedeljko Pečanac, Rudi Pergar, Miloš
Volarič
Deskle, Osnovna šola

Primorski likovniki
Piran, Mestna galerija

**1972**

Primorski likovniki
Senta, Likovni salon
Subotica, Salon likovnog srečanja
Ilirska Bistrica, Dom družbenih organizacij

**1973**

DSLU
Ljubljana, Mestna galerija

Primorski likovniki, člani DSLU
Piran, Mestna galerija

Primorski likovniki, člani DSLU
Koper, galerija Loža

Primorski likovniki 1973-74
Ajdovščina, Idrija, Ilirska Bistrica, Izola,
Nova Gorica, Postojna, Sežana, Tolmin

**1974**

DSLU '74
Beograd, Izložbeni paviljon Masarikova 4
19. april - 5. maj
Novi Sad

DSLU '74
Ljubljana, Moderna galerija

**1975**

Razstava DSLU
Ljubljana, Moderna galerija

**1976**

Riko Debenjak, Zdenko Kalin, Vladimir
Makuc, Adrijana Maraž, Pavel
Medvešček, Lucijan Bratuš, Nedeljko
Pečanac, Marko Pogačnik, Negovan
Nemec, Jože Spacal, Miloš Volarič
Nova Gorica, Hotel Argonavti

Razstava primorskih likovnih umetnikov
članov DSLU '76. Artisti figurativi del
Litorale Sloveno '76
Ajdovščina, Idrija, Ilirska Bistrica, Izola,
Koper, Nova Gorica, Sežana, Tolmin,
Conegliano, Ferrara, Treviso

Razstava DSLU 1976
Ljubljana, Moderna galerija

**1977**

Likovni trenutek DSLU '77

Ljubljana, Mestna galerija

III. jugoslovanski bienale male plastike
Murska Sobota, Razstavni paviljon arh. F.
Novak
Banja Luka, Umetniška galerija

Razstava DSLU 1977
Ljubljana, Moderna galerija

**1977/1978**

Severnoprimorski likovni umetniki - člani
DSLU
Cividale del Friuli (Čedad), Kulturno
društvo »Ivan Trinko«

**1978**

III. jugoslovanski bienale male plastike
Beograd, Umjetnički paviljon Branka
Zuzurića

Severnoprimorski likovni umetniki - člani
DSLU
St. Andrea (Štandrež), Kulturni dom
Andrej Budal

5 goriških likovnih umetnikov
Kranj, Galerija v Mestni hiši
Nova Gorica, Galerija Meblo
Ajdovščina, Pilonova galerija

**1979**

Slovenska likovna umetnost 1945-1978
Ljubljana, Moderna galerija

10. bienale mladih
Rijeka, Moderna galerija

**1980**

Razstava mladih slovenskih umetnikov
Ljubljana, Jakopičev paviljon

14. izložba Likovnog salona Trinaesti
novembar Cetinje, Vladin dom, Dvorana
»Ivan Crnojević

Društvo likovnih umetnikov Severne
Primorske
Nova Gorica, Galerija Meblo
Ajdovščina, Pilonova galerija

Društvo slovenskih likovnih umetnikov
Ljubljana, Likovno razstavišče Rihard
Jakopič

**1981**

Društvo likovnih umetnikov Severne
Primorske
Tolmin, Knjižnica Cirila Kosmača
Idrija, Galerija Idrija
Kanal, Galerija Rika Debenjaka

V. jugoslovanski bienale male plastike
Murska Sobota, Kulturni center Murska
Sobota, DE Galerija

5. izložba narodno oslobodilačka borba
u delima likovnih umetnika Jugoslavije
Beograd, Galerija Doma JNA

11. jugoslovanski bienale mladih
Rijeka, Moderna galerija

Jugoslawische Kleinplastik
Ingolstadt, Ausstellungsräume im
Stadtheater

Izložba na 40-godišninata od vostanieto i
revolucijata
Skopje, Muzej na sovremenata umjetnost

Likovni trenutek '81
Ljubljana, Mestna galerija
Zagreb, Galerija Karas

DSLU. Zapis na papirju
Ljubljana, Likovno razstavišče Rihard
Jakopič

**1982**

Društvo likovnih umetnikov Severne
Primorske
Labin, Galerija narodnog muzeja
Škofja Loka, Galerija na loškem gradu
Ljubljana, Galerija DSLU
Novo mesto, Dolenjska galerija
Celje, Likovni salon

2. svibanjski salon mladih
Šibenik, Velika sala Doma JNA in foyer
gledališča

Mlada jugoslovanska umetnost
Budimpešta, Lodz, Poznan

**1983**

Mladi slovenski slikarji, kiparji in gafiki
Ljubljana, Mestna galerija
Novi Sad
Beljak

2. pančevska izložba jugoslovanske skulp-
ture
Pančevo, Kulturni centar »Olga Petrov«

**1984**

Forma
Sistiana, (Sesljan), Azienda autonoma di
soggiorno e turismo

**1985**

Kritiki izbirajo
Ljubljana, Galerija Labirint

Društvo likovnih umetnikov Severne
Primorske
Gorica, Zveza slovenskih kulturnih
društev
Trst, TK Galerija

Utrinek slovenske likovne tvornosti. Darilo

za darilo,
Celje, Likovni salon

**1986**

XX. jubilarna izložba cetinjskog Salona
jugoslovenske likovne umetnosti
»13. novembar«
Cetinje, Nacionalna galerija

**1987**

Scultura lignea e pittura su legno
San Giovanni al Natisone, Villa de Brandis

Arte Immagine '87
Staranzano, Biblioteca comunale
Razstava likovnih del učiteljev in mentorjev
likovnikov v občini Nova Gorica
Nova Gorica, Avla skupščine občine

Likovna podoba '87. Arte Immagine '87
Nova Gorica, Galerija Meblo, Likovna vitri-
na,
Sedež KS Rožna Dolina

**1988**

Intart
Udine (Videm), Centro Friulano Arti
Plastiche
Klagenfurt (Celovec), Dom umetnikov
Ljubljana, Likovno razstavišče Rihard Jakopič

**1989**

Mostra nazionale della Piccola e Grande
Scultura
Castelanza, Palazzo Bramvilla

**1990**

Erotika v slovenski likovni ustvarjalnosti
- kiparstvo
Nova Gorica, Galerija Meblo

**1993**

Šest umetnikov iz slovenskega Primorja
Verona, Galleria società Belle Arti

**1994**

Šest umetnikov iz slovenskega Primorja
Nova Gorica, Galerija Krka

**1972**

Nova Gorica, Salon Meblo
12. - 27. maj 1972 (skupaj z Lucijanom Bratušem)
(katalog, uvod Marijan TRŠAR, 3 repr.)

Koper, Galerija Meduza (skupaj z Lucijanom Bratušem)
22. september - 8. oktober

**1973**

Hruševica, Galerija 2 x GO
junij - avgust 1973

**1977**

Radovljica, Šivčeva hiša
14. oktober - 14. november 1977
(zloženka, uvod Maruša AVGUŠTIN)

**1978/79**

Nova Gorica, Galerija Meblo
22. december 1978 - 6. januar 1979
(katalog, uvod Jure MIKUŽ,
2 repr. + 1 foto)

**1981**

Ljubljana, Razstavni salon Lesonit
15. april - 15. junij 1981
(zloženka, uvod Janez MESESNEL)

Sežana, Mala galerija
26. junij - 11. julij 1981
(zloženka, uvod Tatjana PREGL)

Nova Gorica, Galerija Meblo

18. september - 3. oktober 1981
Ajdovščina, Pilonova galerija
9. oktober - 31. oktober 1981
Koper, Galerija Meduza
6. november - 4. december 1981
(katalog, uvoda Andrej MEDVED, Janez MESESNEL, 33 repr. + 4 foto)

**1982**

Trbovlje, Galerija Delavskega doma
(z J. Mateličem)
21. januar - 3. februar 1982

Ljubljana, Galerija DSLU
14. april - 8. maj 1982
(zloženka, uvod Ivan SEDEJ, 2 repr.)

Celje, Likovni salon
maj 1982
Maribor, Razstavni salon Rotovž
3. junij - 24. junij 1982
(katalog, uvod Tatjana PREGL, 9 repr.)

Zemono, Dvorec Zemono
5. junij - 19. junij 1982
(zloženka, uvod Janez MESESNEL)
Slovenj Gradec, Umetnostni paviljon
21. oktober - 3. november 1982
(zloženka, uvod Janez MESESNEL, 4 repr.)

Split, Galerija Alfa
december 1982
(katalog, uvod Janez MESESNEL, 3 repr.)

**1983**

Tolmin, Knjižnica Cirila Kosmača
4. februar - 20. februar 1983
Beograd, Galerija Doma JNA

6. april - 20. april 1983
(katalog, uvod Brane KOVIČ, 5 repr.)
Radovljica, Galerija Šivčeva hiša
27. maj - 20. junij 1983
(zloženka, uvod Maruša AVGUŠTIN,
1 repr.)

**1984**

Ljubljana, Mestna galerija
februar (skupaj z Vido Slivniker-Belantič)
(katalog, uvoda Brane KOVIČ, Ivan SEDEJ,
6 repr.)

Ljubljana, Labirint
27. november - 12. december 1984
(zloženka, uvod Ivan SEDEJ, 1 repr.)

**1985**

Nova Gorica, Goriški muzej
november-december
(katalog, uvod Nace ŠUMI, repr.)

**1986**

Gorica, Sala mostre dell'auditorium di via Roma
15. april - 10. maj 1986
(katalog, uvodi Antonio SCARANO,
Danilo BAŠIN, Nace ŠUMI, Milko RENER,
10 repr. + 1 foto)

Trst, TK Galerija
5. junij - 19. junij 1986
(zloženka, uvod Aleksander BASSIN, 1
repr. + 1 foto)
Ljubljana, Cankarjev dom
Likovno delo meseca junija 1986
(zloženka, uvod Nace ŠUMI, 1 repr.)

Ljubljana, Galerija Lerota
25. junij - 30. julij 1986
(zloženka, uvod Jadranka BOGATAJ, 1 repr.)

**1987**

S. Pietro al Natisone (Špeter), Beneška galerija
13. - 28. februar 1987
(katalog, uvoda Nace ŠUMI, Licio DAMI-ANI, 3 repr. + 1 foto)

**1988**

Šempeter pri Gorici, Galerija Bažato
4. - 25. november 1988
(zloženka, uvod Rafael PODOBNIK, 1 foto)

**1989**

Bilje, kiparska delavnica Negovana Nemca
stalna postavitev
17. februar 1989
(zloženka, uvoda prof. dr. Nace ŠUMI,
Nives MARVIN, 3 repr.)

**1991**

Ljubljana, Galerija Slovenijales
25. april - 25. maj 1991

**1992**

Ljubljana, Galerija Ilirija - Vedrog
8. - 29. oktober 1992
(zloženka, uvod Nace ŠUMI, 1 repr.)
1969

Razstava študentov ALU
Ljubljana, Mestna galerija

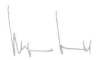

## BILJE

Osnovna šola:
Ščit VII,
*1970, patiniran mavec, 20 x 60*

Spomenik Ivanu Suliču-Carju in
soborcem,
*1973, beton, 200 X 150*

Doprsni kip Miloša Pegana,
*1977, marmor, 63 x 53 x 32*

Doprsni kip Ivana Suliča-Carja,
*1981 - bron*

## BEOGRAD

Zvezna štafetna palica,
*1971, duraluminij, 40 x 10*

Spomenik zvezi,
*1974, železo, 200 x 200 x 60*

Plamen,
*1982, carr. marmor, 160 x 120 x 30*

Zvezna štafetna palica,
*1983, bron, 50 x 10 x 10*

## BLAŽEVCI OB KOLPI

Spomenik slovensko-hrvaškemu pri-
jateljstvu in sodelovanju med NOB,
*1969, kamen, 180 X 120 X 90*

## BOVEC

Doprsni kip Franja Vulča,
*1979, bron, 63 x 47 x 35*

## BRANIK

Kulturni dom:
Izgnanstvo in požig vasi,
*1985, beton, 310 x 150 x 20*

## ČEDAD

Doprsni kip Ivana Trinka-Zamejskega,
*1979, bron, 63 x 47 x 35*

## GRADIŠČE NAD PRVAČINO

Spomenik padlim v NOB,
*1971. beton, železo, 300 x 120*

## GRGAR

Kurirček,
*1981, bron, 220 x 120 x 15*

## HRUŠEVICA

Spomenik Srečku Kosovelu,
*1973, kamen, 80 x 30 x 25*

## IDRIJA

Nova KBM, Področje Nova Gorica
Destrukcija IX,
*1977, varjeno, patinirano železo,*
*160 x 120 x 30*

## KANAL OB SOČI

Spomenik pohodu XXX. divizije v
Beneško Slovenijo,
*1984, kamen, 350 x 220 x 120*

## KROMBERK PRI NOVI GORICI

Spomenik padlim,
*1986, kamen, 160 X 310 X 165*

## KOSTANJEVICA OB KRKI

Forma viva
Preboj,
*1980, les, 140 x 270 x 310*

## LABIN

Mediteranski kiparski simpozij na Dubavi
Prebujanje,
*1984, kamen, 300 x 120 x 130*

## MALI DOL

Doprsni kip Alojza Furlana,
*1976, kamen, 170 x 55 x 32*

## MOST NA SOČI

Doprsni kip Ivana Preglja,
*1983, bron, 180 x 65 x 40*

## NOVA GORICA

Doprsni kip dr. Antona Gregorčiča,
*1976, bron, 55,5 x 40 x 25*

Doprsni kip Lojzeta Bratuža,
*1978, bron*

Doprsni kip dr. Alojza Gradnika,
*1978, bron, 63 x 55 x 32*

Doprsni kip Ivana Trinka-Zamejskega,
*1979, bron, 63 x 47 x 35*

Doprsni kip dr. Josipa Vilfana,
*1979, bron, 60 x 45 x 33*

Doprsni kip Andreja Budala,
*1980, bron, 57 x 48 x 31*

Doprsni kip dr. Milka Kosa,
*1982, bron, 55 x 61 x 26*

Doprsni kip dr. Engelberta Besednjaka,
*1984, bron, 60 x 60 x 31*
Doprsni kip Martina Greifa-Rudija,
*1986, bron, 61 x 66 x 30,5*

Doprsni kip Jožeta Lemuta-Saše,
*1986, bron, 58 x 65 x 30*

Doprsni kip Mileta Špacapana-Igorja,
*1986, bron, 60 x 70 x 30*

Doprsni kip Rada Simonitija,
*1987, bron, 70 x 75 x 61*

Spomenik diverzantom,
*1985, kamen, 190 x 310 x 110*

Nova KBM:
Jedro XXII,
*1975, les-varjeno železo,*
*220 x 180 x 20*

Jedro XXIII,
*1975, les-varjeno železo,*
*220 x 180 x 20*

Uprava za notranje zadeve Nova Gorica:
Preboj I,
*1979, varjeno, patinirano železo,*
*530 x 200 x 45*

Preboj III,
*1979, varjeno, patinirano železo,*
*900 x 220 x 60*

Preboj IV,
*1979, varjeno patinirano železo,*
*50 x 50 x 130*

Preboj V,
*1979, varjeno, patinirano železo,*
*620 x 190 x 45*

Dom železničarjev:
Zorenje 82,
*1982, les, 250 x 60 x 50*

Soške elektrarne:
Energija,
*1983, varjeno in patinirano železo,*
*1000 x 200 x 120*

## PODGORA - Piedimonte, Italija

Spomenik padlim v NOB,
*1975, beton, 350 x 170 x 170*

## RENČE

Spomenik primorskim gradbincem,
*1978, beton, železo*

Doprsni kip Marija Preglja-Darka,
*1979, bron, 60 x 45 x 35*

## ROŽNA DOLINA - Nova Gorica

Spomenik padlim v NOB,
*1984, kamen, 300 x 200 x 100*

## RUPA, Italija

Doprsni kip Ivana Preglja,
*1984, bron, 60 x 55 x 32*

## SEŽANA

Novo rojstvo,
*1987 - kamen*

## SOLKAN

Relief Borisu Kalinu,
*1980, kamen,120 x 80 x 15*

## SOVODNJE - Savogna d'Isonzo, Italija

Doprsni kip Petra Butkoviča-Domna,
*1982, kamen, 60 x 45 x 35*

## ŠEMPETER PRI GORICI

Spomenik padlim v NOB,
*1985, kamen, 250 x 350 x 180*

## ŠTANJEL

Figuralna kompozicija,
*1969, kamen, 230 X 120 X 90*

## TOLMIN

Doprsni kip Simona Rutarja,
*1976, bron, 63 x 55 x 32*

Uprava za notranje zadeve,
upravna enota Tolmin
Preboj II,
*1979, varjeno patinirano železo,*
*110 x 100 x 200*

## TRNOVO PRI GORICI

Spomenik padlim v NOB,
*1983 - granit ( prenova spomenika)*

## VIPAVA

Doprsni kip Draga Bajca,
*1978, bron, 63 x 55 x 33*

**1968/69**

Študentski kiparski simpozij
*Štanjel*

**1980**

Mednarodni kiparski simpozij
FORMA VIVA
*Kostanjevica na Krki*

**1984**

Mednarodni kiparski simpozij
*Labin*

**1986**

Prešernova nagrada za kiparstvo ALU

**1971**

1. nagrada na zveznem natečaju za štafetno pali-
co

**1980**

1. nagrada in odkupna na 14. razstavi Likovnega
salona »13. november«
Cetinje

**1982**

Odkupna nagrada za plaketo
E. Kardelja

**1983**

1. nagrada na zveznem natečaju za štafetno pali-
co

2. nagrada na zveznem natečaju za značko in
plakat Mladost 83

**1984**

Bevkova nagrada

## 1969

SaS [Sandi SITAR]
Slikarji in kiparji na delovnih počitnicah
*Primorske novice (Koper), št. 31, 26. 7. 1969, str. 3*

SaS [Sandi SITAR]
Spomenik slovensko-hrvaškemu prijateljstvu
*Primorske novice (Koper), št. 32, 2. 8. 1969, str. 3*

SaS [Sandi SITAR]
Spet odmevajo kladiva in dleta
*Primorske novice (Koper), št. 32, 2. 8. 1969, str. 3*

Sandi SITAR
Prva kiparska kolonija v Štanjelu na Krasu
*Delo, (Ljubljana) št. 212, 5. 8. 1969, str. 5*

Sandi SITAR
Prva kiparska kolonija v Štanjelu na Krasu
*Primorski dnevnik (Trst), št. 190, 17. 8. 1969, str.3*

SaS [Sandi SITAR]
Upravičena pričakovanja in vlaganja
*Primorske novice, (Koper), št. 35, 23. 8. 1969, str. 7*

SaS [Sandi SITAR]
Mladi kiparji so pomladili starodavni spomenik v Štanjelu
*Primorski dnevnik (Trst), št. 200, 29.8. 1969, str.5*

SaS [Sandi SITAR]
Kako nadaljevati v Štanjelu?
*Primorske novice, (Koper), št. 37, 6. 9. 1969, str. 3*

Sandi SITAR
Ozke so meje na Goriškem
*Tedenska tribuna (Ljubljana), št. 42, 16. 10. 1969, str. 6*

## 1970

Peter KREČIČ
Mladi kiparji v Štanjelu na Krasu
*Primorske novice (Koper), št. 35, 21. 8. 1970, str. 7*

Sandi SITAR Primorska likovna kronika
*Sinteza (Ljubljana), št. 16, 1970, str. 78*

## 1971

[Mirko] LIČEN
Na Gradišču bodo postavili spomenik
*Primorske novice (Koper), št. 8,19. 2. 1971, str. 4*

Štart štafete mladosti
*Ljubljanski dnevnik (Ljubljana), št. 100, 12. 4. 1971, str. 2*

B. J.; A. P.
Z voščili na pot
*Delo (Ljubljana), št. 100, 13. 4. 1971, str.1*

Zdravko ILIĆ

Štafeto - dekle s Kosova
*Delo (Ljubljana), št. 140, 26. 5. 1971, str.16*

Štafetna palica za Tita - naše gore list
*Primorske novice (Koper), št. 22, 28. 5. 1971, str. 4*

Janez MIKUŽ
Primorski likovniki razstavljajo
*Primorske novice (Koper), št. 43, 22. 10. 1971, str. 3*

D[uša] F[ERJANČIČ]
Osrednja proslava 29. novembra na Gradišču, kjer bodo odkrili spomenik
*Primorske novice (Koper), št. 45, 5. 11. 1971, str. 1*

Spomenik NOB na Gradišču
*Primorske novice (Koper), št. 50, 10. 12. 1971, str. 1*

Mir (Mirko CENCIČ]
Slovesnost na Gradišču
*Primorske novice (Koper), št. 50, 10. 12. 1971, str. 1 in 12*

Ciril ZUPANC
*Gradišče in Oševljek v NOB; Nova Gorica, 1971*

## 1972

Marijan TRŠAR
Uvodni tekst, Lucijan Bratuš, Negovan Nemec
*Katalog, Nova Gorica, Salon Meblo, 12.-27. 5. 1972*

Brane KOVIČ
Krstenice, nova umetnostna galerija?
*Primorske novice (Koper), št. 26, 23. 6. 1972, str. 5*

Peter KREČIČ
Goriška likovna kronika
*Sinteza (Ljubljana), št. 24-25, 1972, str. 102*

Janez MIKUŽ
Likovna kronika slovenske obale
*Sinteza (Ljubljana), št. 24-25, 1972, str. 103*

## 1973

Negovan NEMEC
Le čevlje sodi naj kopitar
*Tedenska Tribuna (Ljubljana), št. 25, 20. 5. 1973, str. 12*

B[ogdan] POGAČNIK
Pomnik Srečku Kosovelu
*Delo (Ljubljana), št. 135, 20. 5. 1973, str. 6*

Jože SNOJ
Rana kot spomenik
*Tovariš (Ljubljana), št. 22, 4. 6. 1973, str. 18 in 19*

Feri ŽERDIN
Kdo sme postavljati spomenike pesnikom?
*Tedenska tribuna (Ljubljana), št. 23, 6. 6. 1973, str.7*

Vojko KRPAN - Vok
Tri vprašanja kiparju Negovanu Nemcu
*Primorske novice (Koper), št. 36, 31. 8. 1973, str. 7*

Maks HOŽIČ
Volja spreminja vas
*Primorske novice (Koper), št. 38, 14. 9. 1973, str. 12*

Janez MESESNEL
Sto - različnih
*Delo (Ljubljana), št. 330, 7. 12. 1973, str. 8*

Janez MESESNEL
Jesenski obhod
*Delo (Ljubljana), št. 343, 20. 12. 1973, str. 6*

Brane KOVIČ
Primorski likovniki na razstav DSLU
*Primorske novice (Koper), št. 52, 21. 12. 1973, str. 8*

## 1974

m. r. [Milko RENER]
"Kultura ni odsev slučajnosti. . ."
*Primorski dnevnik (Trst), št. 5, 13. 1. 1974, str.4*

A. ZORLAK
Talentovani kipar iz Gorice
*Narodni Borac (Sarajevo), 19. 1. 1974*

Brane KOVIČ
Ob razstavi primorskih likovnikov v galeriji Meblo
*Primorske novice (Koper), št. 5, 25. 1. 1974, str. 6*

Ivan ŠUĆUR
Skulpture i spomenici Negovana Nemeca
*Borba (Beograd), št. 306, 6. 12. 1974, str. 11*

Ivan ŠUĆUR
Dinamične skulpture
*Sedem dni (Maribor), št. 50, 12. 12. 1974, str. 20*

## 1975

Bob [Bogdan BOŽIČ]
Še en uspeh N. Nemca
*Primorske novice (Koper), št. 2, 10. 1. 1975, str. 11*

pg [Peter GRUM]
Klešem kip predsednika Tita
*Primorske novice (Koper), št. 23, 6. 6. 1975, str. 12*

Polde VRBOVŠEK
Spomenik sredi njive
*TV-15 (Ljubljana), št. 23, 10. 7. 1975, str. 11*

M[arjan] DROBEŽ
Pogovor s kiparjem Negovanom Nemcem avtorjem skulpture na spomeniku v Podgori
*Primorski dnevnik (Trst), št. 223, 26. 9. 1975, str. 3*

Danes bodo v Podgori svečano odkrili spomenik 53 padlim domačim v NOB
*Primorski dnevnik (Trst), št. 225, 28. 9. 1975, str. 4*

Il monumento ai partigiani
*Il Piccolo (Trst), št. 546, 29. 9. 1974, str. 4*

Spomenik žrtvam NOB v Podgori
*Primorski dnevnik (Trst), št. 226, 30. 9. 1975, str. 1*

B[ogdan] B[OŽIČ]
V Podgori odkrili spomenik padlim v NOB
*Primorske novice (Koper), št. 40, 4. 10. 1975, str. 3*

V priložnostni brošuri je objavljena zanimiva in bogata zgodovina Podgore
*Primorski dnevnik (Trst), št. 231, 5. 10. 1975, str. 4*

Akademija za likovno umetnost 1945-1975
*Katalog, Ljubljana, ALU, 1975*

Janez MESESNEL
Uvodni tekst, Sodobna likovna umetnost Goriške
*Zloženka, Nova Gorica ZKPO, 1975*

## 1976

Lojze BIZJAK
Primorski likovni umetniki
*Primorske novice (Koper), št. 15, 9. 9. 1976, str. 11*

Janez MESESNEL
Umetnost ob meji
*Delo (Ljubljana), št. 88, 14. 4. 1976, str. 8*

B[ranko] P[ODOBNIK]
Doprsni kip dr. Antonu Gregorčiču
*Delo (Ljubljana), št.140, 17. 6. 1976, str. 9*

Tomaž PAVŠIČ
Odkritje spomenika dr. Antonu Gregorčiču, očetu slovenskega šolstva na Goriškem
*Primorski dnevnik (Trst), št. 147, 20. 6. 1976, str. 4*

Stari goriški študentje odkrili spomenik dr. Antonu Gregorčiču
*Primorski dnevnik (Trst), št. 147, 23. 6. 1976 str. 3*

PG [Peter Grum]
Spomenik dr. Antonu Gregorčiču
*Primorske novice (Koper), št. 26, 25. 6. 1976, str. 4*

Tomaž PAVŠIČ
Danes in jutri bodo na Tolminskem počastili zgodovinarja Simona Rutarja
*Primorski dnevnik (Trst), št. 235, 9. 10. 1976, str. 3*

Tomaž PAVŠIČ
V Tolminu so odkrili spomenik domačemu zgodovinarju Simonu Rutarju
*Primorski dnevnik (Trst), št. 239, 14. 10. 1976, str. 3*

# BIBLIOGRAFIJA

Tolminci odkrili spomenik zgodovinarju
Simonu Rutarju
*Primorske novice (Koper), št. 42, 15. 10.
1976, str. 1*

Janez MESESNEL
Uvodni tekst, Razstava primorskih likovnih
umetnikov članov DSLU'76
*Katalog, Koper, DSLU - pododbor za
Primorsko, 1976*

## 1977

Janez MESESNEL
Pregled dosežkov
*Delo, (Ljubljana), št 37, 15.2. 1977, str. 8*

Peter KREČIČ
Uvodni tekst, Likovni trenutek, DSLU '77
*Katalog, Ljubljana, Mestna galerija, julij 1977*

Razstava v počastitev dneva vstaje
*Delo, (Ljubljana), št 155, 7. 7. 1977, str. 7*

Janez MESESNEL
Trenutek DSLU 77
*Delo, (Ljubljana), št 165, 19. 7. 1977, str. 5*

Ivan SEDEJ
Iskanje v senci močnejših
*Komunist (Ljubljana), št. 30, 25. 7. 1977,
str. 20*

Franc ZALAR
Likovni dialog mladih
*Dnevnik (Ljubljana), št. 208, 3. 8. 1977,
str. 5*

Kiparska razstava v Radovljici
*Delo (Ljubljana), št. 237, 12. 10. 1977, str. 7*

Janez MESESNEL
Pregled: Kaj zdaj?
*Delo (Ljubljana), št 250, 27. 10. 1977, str. 7*

Maruša AVGUŠTIN
Uvodni tekst, Akademski kipar Negovan
Nemec
*Katalog, Radovljica, Šivčeva hiša, 14. 10.-14.
11. 1977*

Nelida SILIČ
Trije Nemčevi cikli
*Delo (Ljubljana), št 259, 8. 11. 1977, str. 7*

Nelida SILIČ
Kiparska razstava Negovana Nemca
*TV-15 (Ljubljana), št. 44, 10. 11. 1977, str. 7*

Maruša AVGUŠTIN
Spomeniške plastike
*Gorenjski glas (Kranj), št. 81, 21. 10. 1977,
str.5*

Likovno gostovanje v Čedadu
*Delo (Ljubljana), št. 295, 22. 12. 1977,
str. 7*

P[eter] GRUM
Lep sprejem Nemčevih plastik v Radovljici
*Primorske novice (Koper), št. 44, 28. 12.
1977*

Aleksander BASSIN
Uvodni tekst, Abstrakcija danes
*Katalog, Ljubljana, Razstava DSLU 1977,
Moderna galerija, december 1977*

Naš pedagog in akademski kipar tovariš
Negovan Nemec
*Iz dneva v dan (Nova Gorica), šolsko leto
1978/79*

Brane KOVIČ
Uvodni tekst, Severnoprimorski likovni
umetniki - člani DSLU
*Katalog, Nova Gorica, ZKO Nova Gorica,
december 1977*

## 1978

Brane KOVIČ
Goriški likovniki v Čedadu
*Primorske novice (Koper), št. 2, 6. 1. 1978,
str. 9*

Drevi v Štandrežu odprtje razstave pri-
morskih slikarjev
*Primorski dnevnik (Trst), št. 33, 9. 2. 1978,
str. 3*

Deset umetnikov iz Nove Gorice razstavlja
svoja dela v Štandrežu
*Primorski dnevnik (Trst), št. 35, 11. 2. 1978,
str. 3*

Izdelana maketa spomenika v Štandrežu
*Primorski dnevnik (Trst), št. 36, 12.2. 1978,
str. 4*

V Novi Gorici spomenik Lojzetu Bratužu
*Primorski dnevnik (Trst), št. 74, 29. 3. 1978,
str. 3*

Branko PODOBNIK
"Zid" iz Renč
*Delo (Ljubljana), št 117, 23. 5. 1978, str. 8*

pg [Peter GRUM]
Slovenski gradbinci bodo slavili v Renčah
*Primorske novice (Koper), št. 22, 26. 5. 1978,
str. 24*

Z[denka] L[OVEC]
Doprsni kip Lojzeta Bratuža
*Primorske novice (Koper), št. 22, 26. 5. 1978,
str. 8*

pg [Peter GRUM]
Dan gradbincev v zidarskih Renčah
*Primorske novice (Koper), št. 23, 2. 6. 1978,
str. 1*

(jal) [Jani ALIČ]
Renče
*Dnevnik (Ljubljana), št.151, 5. 6. 1978, str. 3*

Slavje v Renčah
*Delo (Ljubljana), št. 129, 6. 6. 1978, str. 10*

V Renčah nov spomenik primorskim grad-
bincem
*Primorski dnevnik (Trst), št. 132, 6. 6.
1978, str. 3*

V nedeljo v Novi Gorici odkritje kipa Lojzeta
Bratuža
*Primorski dnevnik (Trst), št. 134, 8. 6. 1978,
str. 3*

P[eter] GRUM
Slovenski gradbinci praznovali v Renčah
*Primorske novice (Koper), št. 24, 9. 6. 1978,
str. 1*

Lojze Bratuž - Simbol trpljenja Slovencev
*Primorski dnevnik (Trst), št. 138, 13. 6.
1978, str. 3*

J[ani] ALIČ
Spomenik Lojzetu Bratužu
*TV-15 (Ljubljana), št. 23, 16. 6. 1978, str. 3*

ts
Spomenik Lojzetu Bratužu
*Primorske novice (Koper), št. 25, 16. 6. 1978,
str. 4*

Maketa spomenika NOB v Štandrežu
*Primorski dnevnik (Trst), št. 217, 14. 7.
1978, str. 3*

B[ogdan] BOŽIČ
Nov spomenik na Žagi
*Primorske novice (Koper), št. 26, 24. 6. 1978,
str. 13*

Danilo ŠULIGOJ
Prenovljeni spomenik padlim žrtvam
fašizma
*TV-15 (Ljubljana), št. 29, 27. 7. 1987, str. 5*

Spomenik dr. Alojzu Gradniku
*Primorske novice (Koper), št. 42, 13. 10.
1978, str. 8*

Danes v Novi Gorici odkritje doprsnega
kipa Alojza Gradnika
*Primorski dnevnik (Trst), št. 244, 15. 10.
1978, str. 4*

B[ranko] P[ODOBNIK]
Alojzu Gradniku v spomin
*Delo (Ljubljana), št. 117, 16. 10. 1978, str. 2*

Pesnik Alojz Gradnik ima svoje mesto na
"aleji velikih mož" v Novi Gorici
*Primorski dnevnik (Trst), št. 245, 17. 10.
1978, str. 3*

Spomenik velikemu možu
*Primorske novice (Koper), št. 43, 20. 10.
1978, str. 8*

V nedeljo bodo odkrili v Vipavi doprsni kip
Dragu Bajcu
*Primorski dnevnik (Trst), št. 250, 22. 10.
1978, str. 4*

M[arijan] B[RECELJ]
Po krivici pozabljenemu pesniku Dragu
Bajcu odkrijejo danes doprsni kip v rojstni
Vipavi
*Primorski dnevnik (Trst), št. 256, 29. 10.
1978, str. 5*

Bratoma Dragu in Milanu Bajcu odkrili
ploščo na rojstni hiši
*Primorski dnevnik (Trst), št. 257, 31. 10.
1978, str. 8*

CENE AVGUŠTIN
Obsežna galerijska dejavnost
*Delo (Ljubljana), št. 265, 15. 11. 1978,
str. 10*

Lojze BIZJAK
Razstava petih goriških likovnikov
*Primorske novice (Koper), št. 47, 17. 10.
1978, str. 8*

Janez MESESNEL
Sodobni pogledi
*Delo (Ljubljana), št. 270, 21. 11. 1978,
str. 8*

M[aks] HOŽIČ
Spomin na Draga in Milana Bajca
*TV-15 (Ljubljana), št. 47, 23. 11. 1978,
str. 8*

pg [Peter GRUM]
Najnovejše Nemčeve plastike
*Primorske novice (Koper), št. 51, 15. 12.
1978, str. 8*

Dodelan načrt spomenika NOB v Štandrežu
*Primorski dnevnik (Trst), št. 297, 17.12.
1978, str. 4*

Jure MIKUŽ
Uvodni tekst, Negovan Nemec
*Katalog, Nova Gorica, Galerija Meblo, 22.
12. 1978-6. 1. 1979*

Negovan Nemec razstavlja v salonu Meblo
v Novi Gorici
*Primorski dnevnik (Trst), št. 301, 22. 12.
1978, str. 3*

Negovan Nemec razstavlja v Meblu
*Delo (Ljubljana), št. 295, 22. 12. 1978,
str. 11*

Kiparska dela Negovana Nemca
*Delo (Ljubljana), št. 300, 19.12. 1978, str. 8*

Kiparska dela v galeriji Meblo
*Primorske novice (Koper), št.52, 22. 12.
1978, str. 8*

Nova Gorica
*Delo (Ljubljana), št. 296, 23. 12. 1978, str. 7*

Brane KOVIČ
Uvodni tekst, 5 goriških likovnih umetnikov
*Katalog, Nova Gorica, Pilonova galerija in
ZKO Nova Gorica, 1978*

## 1979

Jure MIKUŽ
Negovan Nemec razstavlja v salonu Meblo
*Primorske novice (Koper), št.1, 1. 1. 1979,
str. 8*

Likovne priloge: Iz opusa Negovana Nemca.
(Foto M. Zavadlav)
*Primorska srečanja III (1979), št. 13, 7 reprodukcij*

Nelida SILIČ
Pomemben delež primorskih likovnikov
*Primorske novice (Koper), št. 17, 20. 4. 1979, str. 8*

Jure MIKUŽ
Razgibano likovno dogajanje na Goriškem
*Naši razgledi (Ljubljana), št. 9, 11. 5. 1979, str. 269, 270*

Odkritje spomenika dr. Josipu Vilfanu
*Primorski dnevnik (Trst), št. 134, 14. 6. 1979, str. 3*

Danes slovesno odkritje spomenika Josipu Vilfanu
*Primorski dnevnik (Trst), št. 149, 1. 7. 1979, str. 4*

(mv) [Marko WALTRITSCH]
Okoli dr. Josipa Vilfana se je razvijala pravda slovenskega primorskega ljudstva
*Primorski dnevnik (Trst), št. 150, 3. 7. 1979, str. 3*

V Novi Gorici so odkrili spomenik Josipu Vilfanu
*Primorski dnevnik (Trst), št. 150, 3. 7. 1979, str. 1*

Spomeniki upom in boju - mejniki zgodovine in napredka
*Dnevnik (Ljubljana), št. 179, 3. 7. 1979, str. 12 in 13*

P[eter] GRUM
Spomenik dr, Josipu Vilfanu
*Primorske novice (Koper), št. 28, 6. 7. 1979, str. 2*

Bienale mladih na Reki
*Delo (Ljubljana) št. 155, 6. 7. 1979, str. 6*

V Renčah odkrili spomenik
*Primorske novice (Koper), št. 29, 13. 7. 1979, str. 13*

Odkritje spomenika dr. Josipu Vilfanu v Novi Gorici
*Katoliški glas (Gorica), št. 27, 5. 7. 1979, str. 2*

Aleksander BASSIN
Deseti reški bienale mladih
*Naši razgledi (Ljubljana), št. 16, 31. 8. 1979, str. 470*

Liljana DOMIĆ
Kako odrasti mlad
*Start (Zagreb), št. 278, 19. 9. 1979, str. 43, 44, 45*

Ob odkritju spomenika Ivanu Trinku-Zamejskemu

*Primorski dnevnik (Trst), št. 238, 14. 10. 1979, str. 4*

Tudi Ivan Trinko-Zamejski ima svoje mesto med drugimi zasluž0enimi ljudmi v Novi Gorici
*Primorski dnevnik (Trst), št. 239, 16. 10. 1979, str. 3*

Odkrit spomenik našemu pesniku in buditelju Ivanu Trinku
*Novi Matajur (Čedad), št. 20, 15.-31. 10. 1979, str. 1*

V Novi Gorici kip pesnika Ivana Trinka
*Primorski dnevnik (Trst), št. 239, 16. 10. 1979, str. 1*

Slavica CRNICA Pomnik Trinku
*Delo (Ljubljana), št. 242, 16. 10. 1979, str. 9*
M.A.
Počastitev msgr. Trinka
*Novi list (Trst), št. 1247, 18. 10. 1979, str. 4*

Buditelju Beneških Slovencev
*Primorske novice (Koper), št. 43, 19. 10. 1979, str. 8*

Spomenik Ivanu Trinku
*Primorske novice (Koper), št. 49, 28. 11. 1979, str. 1*

Naš pedagog in akademski tovariš Negovan Nemec
*Iz dne v dan (Nova Gorica), Glasilo mladinske organizacije*

Marijan TRŠAR
Uvodni tekst, Slovensko kiparstvo po letu 1945
*Katalog, Ljubljana, Slovenska likovna umetnost 1945-1978
Moderna galerija, 1979*

**1980**

(mn)
Obeležje kiparju Kalinu
*Primorske novice (Koper), št. 40, 30. 5. 1980, str. 15*

Znani udeleženci Forme vive
*Delo (Ljubljana), št. 142, 18. 6. 1980, str.9*

XXI. mednarodni simpozij kiparjev
*Teleks (Ljubljana), št. 25, 20. 6. 1980, str. 9*

Bliža se "Forma viva" v Kostanjevici
*Dnevnik (Ljubljana), št. 169, 21. 6. 1980, str. 5*

(gm) [Branko MARUŠIČ]
Spominsko obeležje Borisu Kalinu
*Primorski dnevnik (Trst), št. 145, 22. 6. 1980, str.4*

S[lavica] C[RNICA]
Spominsko znamenje Borisu Kalinu
*Delo (Ljubljana), št. 150, 27. 6. 1980, str. 10*

Nelida SILIČ-NEMEC
Življenje in delo kiparja Borisa Kalina
*Primorski dnevnik (Trst), št. 151, 29. 6. 1980, str.7*

Dr. Bratko Kreft govoril ob odkritju obeležja Borisu Kalinu
*Primorski dnevnik (Trst), št. 152, 1. 7. 1980, str.3*

Oddolžitev slavnemu rojaku
*Primorske novice (Koper), št. 49, 1. 7. 1980, str. 5*

Odkrili spominsko znamenje
*Primorske novice (Koper), št. 50, 5. 7. 1980, str. 6*

Kiparska dleta na Formi vivi 80
*Dolenjski list (Novo mesto), št. 31, 31. 7. 1980, str. 1*

Bogdan POGAČNIK
Mrtve in žive oblike likovnih razpoloženj
*Delo (Ljubljana), št. 182, 6. 8. 1980, str. 6*

Kostanjevica na Krki
*Delo (Ljubljana), št. 185, 9. 8. 1980, str. 5*

Nelida SILIČ
Kostanjeviško kulturno poletje
*Primorske novice (Koper), št. 64, 22. 8 . 1980, str. 6*

H. GRANDOVEC
Kostanjevici z ljubeznijo
*Večer (Maribor), št. 196, 23. 8. 1980, str. 8*

Ivo OSTOJA
Japanac na Krki
*Studio (Zagreb), št. 855, 23. 8. 1980, str. 32-35*

N[elida] S[ILIČ]
Zelo bogato kostanjeviško kulturno poletje
*Primorski dnevnik (Trst), št. 194, 24. 8. 1980, str. 5*

V soboto sklep Forme vive
*Delo (Ljubljana), št. 201, 28. 8. 1980, str. 8*

Slovesen zaključek in jubilej Forme vive v Kostanjevici
*Dnevnik (Ljubljana), št. 236, 29. 8. 1980, str. 5*

Ladislav LESAR
Čudo pod milim nebom
*Nedeljski dnevnik (Ljubljana), št. 238, 31. 8. 1980, str. 1 in 19*

Slovesnost ob zaključku letošnje Forme vive
*Delo (Ljubljana), št. 204, 1. 9. 1980, str. 1 in 3*

Branko SOSIČ
Umetnost v hrastovini
*Delo (Ljubljana), št. 204, 1. 9. 1980, str. 1 in 3*

Ivan KRASKO
Poezija z dletom
*Dnevnik (Ljubljana), št. 239, 1. 9. 1980, str. 1 in 3*

Danilo VAUPOTIČ
Med jedrom in harmonijo
*Sedem dni (Maribor), št. 41, 9. 10. 1980, str. 24*

S[lavica] C[RNICA]
Odkrili doprsni kip dr. Andreja Budala
*Delo (Ljubljana), št. 240, 13. 10. 1980, str. 2*

Odkrili spomenik dr. Andreju Budalu
*Primorski dnevnik (Trst), št. 237, 14. 10. 1980, str. 1*

Odkrili doprsni kip prof. Andreja Budala
*Primorske novice (Koper), št. 79, 14. 10 . 1980, str. 1*

S kipom Andreja Budala obogatena aleja velikih mož v Novi Gorici
*Primorski dnevnik (Trst), št. 237, 14. 10. 1980, str. 3*

Ljudje v novicah
*Delo (Ljubljana), št. 276, 25. 11. 1980, str. 9*

Priznanje umetniku
*Primorske novice (Koper), št. 92, 28. 11. 1980, str. 7*

Brane KOVIČ
Severnoprimorski likovniki v Meblu
*Primorske novice (Koper), št. 92, 28. 11 . 1980, str. 7*

Janez MESESNEL
Mozaik osebnih svetov
*Delo (Ljubljana), št. 300, 25. 12. 1980, str. 8*

Ljudje v novicah
*Delo (Ljubljana), št. 276, 25. 11. 1980, str. 9*

Marko VUK
Goriška likovna kronika
*Sinteza (Ljubljana), št. 50, 51, 52, 1980, str. 135- 137*

Jure MIKUŽ
Uvodni tekst, Premišljevanje ob razstavi mladih
*Katalog, Razstava mladih slovenskih umetnikov, Ljubljana, Jakopičev paviljon, 1980*

Andrej SMREKAR
Dolenjska likovna kronika
*Sinteza (Ljubljana), št. 50, 51, 52, 1980, str. 139*

**1981**

N[elida] S[ILIČ]
Prvi ciklus razstav Društva likovnih umetnikov Severne Primorske
*Primorski dnevnik (Trst), št. 9, 11. 1. 1981, str. 5*

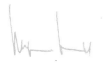

Lidija JABLAN
Salon "13. Novembar"
*Ovdje (Titograd), št. 140, januar 1981, s
tr. 30*

Janez MESESNEL
Uvodni tekst, Marmorno življenje
*Zloženka, Ljubljana, Razstavni salon Lesonit,
15. 4.-15. 6. 1981*

Janez MESESNEL
Življenje v marmorju
*Delo (Ljubljana), št. 88, 16. 4. 1981, str. 8*

Serija kiparskih razstav
*Primorske novice (Koper), št. 31, 16. 4. 1981,
str. 5*

J.H.
Negovan Nemec razstavlja v Lesonitu
*Delo (Ljubljana), št. 99, 30. 4. 1981, str. 6*

mb [Marijan BRECELJ]
Nežna govorica kamna
*Primorske novice (Koper), št. 36, 5. 5. 1981,
str. 5*

Franc ZALAR
Kamnito brstje
*Dnevnik (Ljubljana), št. 123, 8. 5. 1981,
str. 5*

Razstavni salon LESONIT
*Delo (Ljubljana), št. 105, 9. 5. 1981, str. 7*

Negovan Nemec
*Teleks (Ljubljana), št. 19, 14. 5. 1981, str. 6*

Galerija Lesonit
*Delo (Ljubljana), št. 111, 16. 5. 1981, str. 7*

Meta GABRŠEK PROSENC
Desetletna tradicija
*Naši razgledi (Ljubljana), št. 12, 26. 6. 1981,
str 371*

Tatjana PREGL
Uvodni tekst, Negovan Nemec
*Zloženka, Sežana, Mala galerija, 26. 6.-11.
7. 1981*

Negovan Nemec razstavlja v Sežani
*Delo (Ljubljana), št. 149, 30. 6. 1981, str. 6*

Kiparska razstava v Sežani
*Primorske novice (Koper), št. 52, 30. 6.
1981, str. 5*

(lč) [Lučka ČEHOVIN]
Razstava Nemčeve plastike
*Primorske novice (Koper), št. 53, 3. 7. 1981,
str. 5*

a.n. [Lučka ČEHOVIN]
Kamnite male plastike Negovana Nemca v
sežanski Mali galeriji
*Primorski dnevnik (Trst), št. 158, 5. 7. 1981,
str. 5*

Tatjana PREGL
Kamen, les in bron

Primorske novice (Koper), št. 54, 7. 7. 1981,
str. 5

Tatjana PREGL
Raziskovalni prostor sega od lesa do kovine
*Delo (Ljubljana), št. 155, 8. 7. 1981, str. 7*

Tatjana PREGL
Izžarevanje bele čutnosti: Negovan Nemec
na razstavah v Ljubljani in Sežani
*Naši razgledi (Ljubljana), št. 13, 10. 1. 1981,
str. 393*

Franc ZALAR
Ideje na mero
*Dnevnik (Ljubljana), št. 191, 16. 7. 1981,
str. 5*

Številne prireditve
*Primorske novice (Koper), št. 65, 14. 8.
1981, str. 5*

Odprli številne objekte
*Primorske novice (Koper), št. 74, 15. 9.
1981, str. 9*

Andrej MEDVED, Janez MESESNEL
Uvodna teksta, Negovan Nemec
*Katalog, Nova Gorica, 18. 9.-3. 10. 1981*

Negovan Nemec razstavlja
*Primorske novice (Koper), št. 75, 18. 9.
1981, str. 5*

M[arijan] BRECELJ
Negovan Nemec pred pomembno obletnico
*Primorski dnevnik (Trst), št. 221, 18. 9.
1981, str. 4*

Vojko CUDER
Kamnito brstenje
*Primorske novice (Koper), št. 75, 18. 9.
1981, str. 5*

Negovan Nemec razstavlja v Meblu
*Delo (Ljubljana), št. 219, 20. 9. 1981, str. 8*

Janez MESESNEL
Kamnita energija časa
*Delo (Ljubljana), št. 221, 24. 9. 1981, str. 9*

Lojze KRISTANČIČ-MINKO
Doprsni kip narodnega heroja Ivana Suliča-
Carja
*TV-15 (Ljubljana), št. 38, 24. 9. 1981, str. 15*

Negovan Nemec v Novi Gorici
*Dnevnik (Ljubljana), št. 262, 26. 9. 1981,
str. 6*

V salonu Meblo razstavlja Negovan Nemec
*Primorski dnevnik (Trst), št. 229, 27. 9.
1981, str. 4*

Tatjana PREGL
Dvakratna postavitev: svečana in elegantna
Primorske novice (Koper), št. 78, 29. 9.
1981, str. 5

Danilo VAUPOTIČ
Med jedrom in harmonijo

Sedem dni (Ljubljana), št. 41, 9. 10. 1981,
str. 24

Jugoslovanska mala plastika v Ingolstadtu
*Delo (Ljubljana), št. 249, 27. 10. 1981,
str. 8*

Dvoje umetniških del za Kulturni dom v
Gorici
*Primorski dnevnik (Trst), št. 254, 27. 10.
1981, str. 3*

Franc ZALAR
Le abstraktni trenutek
*Dnevnik (Ljubljana), št. 294, 28. 10. 1981,
str. 6*

Janez MESESNEL
Izbor po pripadnosti
*Delo (Ljubljana), št. 252, 30. 10. 1981,
str. 11*

V Kopru razstava Negovana Nemca
*Primorski dnevnik (Trst), št. 262, 5. 11.
1981, str. 6*

Nemec razstavlja v Meduzi
*Primorske novice (Koper), št. 89, 6. 11. 1981,
str. 10*

Andrej MEDVED
Erotizem je zaustavljen
*Delo (Ljubljana), št. 261, 10. 11. 1981, str. 8*

Krhka skladnost
*Primorske novice (Koper), št. 91, 13. 11.
1981, str. 5*

Negovan Nemec
*Teleks (Ljubljana), št. 48, 3. 12. 1981, str. 6*

Tatjana PREGL
Kiparstvo Negovana Nemca
*Primorska srečanja (Koper), št. 30, leto V.
december 1981, str. 293-299*

Iztok PREMROV
Uvodni tekst, Likovni trenutek DSLU 81
*Katalog , Ljubljana, DSLU, 1981*

**1982**

(S. Š.)
Nemec in Matelič razstavljata v Trbovljah
*Delo (Ljubljana), št. 16, 21. 1. 1982, str. 7*

Primorska likovnika razstavljata v Zasavju
*Primorske novice (Koper), št. 8, 26. 1. 1982,
str. 5*

Janez Matelič in Negovan Nemec v
Trbovljah
*Primorski dnevnik (Trst), št. 30, 7. 2. 1982,
str. 7*

Ivan SEDEJ
Uvodni tekst, Negovan Nemec
*Zloženka, Ljubljana, Galerija DSLU, 14. 4.-8.
5. 1982*

Razstava plastik Negovana Nemca
*Dnevnik (Ljubljana), št. 102, 14. 4. 1982,
str. 6*

Negovan Nemec
*Teleks (Ljubljana), št. 15, 15. 4. 1982, str. 6*

Negovan Nemec
*Delo (Ljubljana), št. 88, 15. 4. 1982, str. 9*

Franc ZALAR
Čutnost ujeta v kamen
*Dnevnik (Ljubljana), št. 115, 28. 4. 1982,
str. 6*

Janez MESESNEL
Dvajset novih marmorjev
*Delo (Ljubljana), št. 101, 4. 5. 1982, str. 5*

Tullio VORANO
Slovenski umjetnici izlažu u Labinu
*Glas Istre (Pula), št. 107, 10. 5. 1982, str. 9*

Tullio VORANO
Umjetnici Severne Primorske
*Labinska komuna (Labin), št. 91, 15. 5.
1982, str. 8*

Prihodnjo nedeljo bo v Sovodnjah svečano
poimenovanje domače šole
*Primorski dnevnik (Trst), št. 111, 30. 5.
1982, str. 4*

Tatjana PREGL
Uvodni tekst, Negovan Nemec
*Katalog, Celje, Likovni salon, 1982*

M.G.P. [Meta GABRŠEK-PROSENC]
Skulpture Negovana Nemca v Rotovžu
*Večer (Maribor), št. 126, 2. 6. 1982, str. 6*

Janez MESESNEL
Uvodni tekst, K razstavi plastik
*Zloženka, Zemono, 5. 6. 1982*

Jugoslovanska izložba u Polskoj
*Istarski glas (Pula), št. 164, 17. 7. 1982, str. 11*

Franc ZALAR
Deseterica s Severne Primorske
*Dnevnik (Ljubljana), št. 283, 16. 10. 1982,
str. 6*

Janez MESESNEL
Uvodni tekst, Negovan Nemec
*Katalog, Slovenj Gradec, Umetnostni
paviljon,1982*

Janez ZADNIKAR
Negovan Nemec
*Teleks (Ljubljana), št. 44, 4. 11. 1982, str.
10*

Bogdan BOŽIČ
Tesne vezi med Šempetrom in Voždovcem
*Primorske novice (Koper), št. 87/88, 5. 11.
1982, str. 8*

Andro FILIPIČ
Priziv pomoći ruke

*Slobodna Dalmacija (Split)*, 9. 12. 1982, str. 3

Tatjana PREGL
Poezija o poeziji
*Primorske novice (Koper)*, št. 98, 10. 12. 1982, str. 5

Negovan Nemec
*Komunist (Ljubljana)*, št. 49, 10. 12. 1982, str. 14

(mp)
Pred slovenskim občinstvom
*Primorske novice (Koper)*, št. 103, 28. 12. 1982, str. 14

Steklene miši (Celje), št. 4, šolsko leto 1981/82;

Nelida SILIČ-NEMEC
*Javni spomeniki na Primorskem 1945-1978, Koper, Založba Lipa, 1982*

Janez LENASSI
*Uvodni tekst, Forma viva Kostanjevica,*

Portorož, Ravne
*Katalog, Ljubljana, 1982*

Janez MESESNEL
Mlada, živahna zrelost
*Oko (Zagreb)*, št. 25, 12. 1982-9. 1. 1983, str. 17

## 1983

Nemec Negovan
*Dictionary of contemporary artists, Oxford, 1981*

Zoltan JAN
Primorski likovniki v mednarodni publikaciji
*Primorske novice (Koper)*, št. 4, 11. 1. 1983, str. 5

Bogdan POGAČNIK
Negovane oblike iz belega marmorja pri kiparju v mirni domači hiši
*Delo (Ljubljana)*, št. 10, 14. 1. 1983, str. 13

Vojko CUDER
Zaključek 12. goriških srečanj malih odrov. Slovesen zaključek GSMO
*Primorske novice (Koper)*, št. 10, 1. 2. 1983, str. 1 in 5

Slavica CRNICA
Obnovili bodo pomnika NOB
*Delo (Ljubljana)*, št. 32, 9. 2. 1983, str. 6

Nemec razstavlja v Tolminu
*Primorske novice (Koper)*, št. 11, 4. 2. 1983, str.5

A[ndrej] P[AGON] OGAREV
Negovanove skulpture razstavljene v Tolminu
*Primorski dnevnik (Trst)*, št. 40, 18. 2. 1983, str. 4

Novogoričan - avtor štafetne palice
*Dnevnik (Ljubljana)*, št. 60, 3. 3. 1983, str. 16

J.Z.
Štafetna palica - delo N. Nemca
*Delo (Ljubljana)*, št. 51, 3. 3. 1983, str. 16

Štafeta mladosti kreče 26. ožujka
*Glas Istre (Pula)*, št. 53, 5.-6. 3. 1983, str. 1

Boljka v Novi Gorici - Nemec v Tolminu
*Primorske novice (Koper)*, št. 13, 11. 4. 1983, str. 5

Titovo doba
*Sportske novosti (Zagreb)*, št. 7922, 5. 3. 1983, str. 12

(D.M.J.)
Prvi nosilac M. Matešić
*Vjesnik (Zagreb)*, št. 12755, 5. 3. 1983, str. 1

Titovo doba
*Politika ekspres (Beograd)*, št. 6823, 5. 3. 1983, str. 1

D. SPASOJEVIĆ
Za dan mladosti - "Titovo doba"
*Večernje novosti (Beograd)*, št. 31, 5. 3. 1983, str. 1 in 4

Z. ŠUVAKOVIĆ
Štafeta kreće 25. marta iz Zadra
*Politika (Beograd)*, št. 24932, 5. 3. 1983, str. 5

Dan mladosti 83
Štafeta kreće s Titove obale
*Borba (Zagreb)*, št. 61, 62, 5.-6. 3. 1983, str.1

(M.Č.-B.Ž.)
Simbol života i mladosti
*Večernji list (Zagreb)*, št. 7235, 6. 3. 1983, str. 13

Negovan Nemec avtor štafetne palice
*Primorske novice (Koper)*, št. 20, 8. 3. 1983, str. 1

Jani ALIČ
"In kamen mi nežno zapoje"
*Dnevnik (Ljubljana)*, št. 68, 11. 3. 1983, str. 8

Dragiša DRAŠKOVIĆ
Za tisoče ruku i oči miliuna
*Rad (Beograd)*, št. 11, 18. 3. 1983, str. 21

Dva rešenja
*Intervju (Beograd)*, št. 47, 18. 3. 1983, str. 40

29. ožujka u 11,45h
*Mladinska iskra (Split)*, št. 26, 25. 3. 1983, str. 2

(dd)
Štafeta mladosti krene na pot

*Primorski dnevnik (Trst)*, št. 71, 26. 3. 1983, str. 1

Danes krene štafeta mladosti
*Dnevnik (Ljubljana)*, št. 83, 26. 3. 1983, str. 1

Dragica MODREJ - MANFREDA
Palica - simbol odpiranja
*Večer (Maribor)*, št. 71, 26. 3. 1983, str. 3

Danes krenila na pot
*Večer (Maribor)*, št. 71, 26. 3. 1983, str. 3

U Domu sedinjenja i slobode
*Sportske novosti (Zagreb)*, št. 7941, 26. 3. 1983, str. 16

(D. MEZIĆ - JUGOVIĆ)
Mi sreču gradimo u miru, s pjesmom
*Vjesnik (Zagreb)*, št. 12776, 26. 3. 1983, str. 1 in 3

P. SAMARDŽIJA
Pošla štafeta
*Politika ekspres (Beograd)*, št. 6845, 27. 3. 1983, str. 1

G. MORAVČEK
Simbol odanosti Titovom djelu
*Borba (Zagreb)*, št. 84, 28. 3. 1983, str. 1

Z[vonko] TARLE
Samoupravljanje - perspektiva mladih
*Borba (Zagreb)*, št. 84, 28. 3. 1983, str. 14

E.R. TOMANOV, M. BEDALOV
Simbol odanosti Titovom djelu
*Večernji list (Zagreb)*, št. 7254, 28. 3. 1983, str. 3

Štafeta mladosti krenila na pot
*Primorske novice (Koper)*, št. 26, 29. 3. 1983, str. 2

Srđan ŠPANOVIĆ
Krenula je!
*Polet (Zagreb)*, št. 228, 30. 3. 1983, str. 1, 12, 13

Živa DROLE
Začetek poti štafete mladosti 1983
*TV-15, (Ljubljana)*, št. 21, 31. 3. 1983, str. 1

Egon KAŠE
Bronasti simbol mladosti
*Antena (Ljubljana)*, št. 13, 31. 3. 1983, str. 12 in 13

Brane KOVIČ
Uvodni tekst, Negovan Nemec
*Katalog, Beograd, Galerija Doma JNA, april*

Nikola KUSOVAC
Rukom i srcem
*Politika ekspres (Beograd)*, 21. 4. 1983

A. T. (Aleksandra TOMIĆ)
Klučanja
*Front (Beograd)*, št. 16, 22. 4. 1983, str. 19

Brane KOVIČ
Negovan Nemec razstavlja v Beogradu
*Primorske novice (Koper)*, št. 34, 26. 4. 1983, str. 9

Brane KOVIČ
Elegantne abstraktne plastike, nabite s simbolnimi pomeni
*Delo (Ljubljana)*, št. 98, 28. 4. 1983, str. 5

Franc ZALAR
Mladi po izbiri
*Dnevnik (Ljubljana)*, št. 116, 29. 4. 1983, str. 5

Slavica CRNICA, Ivan VIDIC
Malček obideš vas, zavpiješ, in kar gre
*Delo (Ljubljana)*, št. 100, 30. 4. 1983, str. 21

(jal) [Janez ALIČ]
Septembra osrednja proslava
*Dnevnik (Ljubljana)*, št. 117, 30. 4. 1983, str. 24

Janez MESESNEL
Samoniklosti se ustvarjalec ne nauči v šolskih prostorih
*Delo (Ljubljana)*, št. 102, 5. 5. 1983, str. 6

Danes v Rupi slovesno poimenovanje tamkajšnje osnovne šole po Ivanu Preglju
*Primorski dnevnik (Trst)*, št. 113, 15. 5. 1983, str. 1 in 4

Žarko BEDALOV
Nemec
*Mladinska iskra (Split)*, št 27, 19. 5. 1983, str. 10 in 11

Igor BITEŽNIK
Štafeta mladosti 1983
*Ti mi vsi (Nova Gorica)*, št. 2/3, 25. 5. 1983, str. 1

Žarko RAJKOVIĆ
Veličastna prireditev v Beogradu. Slovesna zaobljuba vseh mladih
*Delo (Ljubljana)*, št. 120, 26. 5. 1983, str. 1

Zvestoba revoluciji
*Dnevnik (Ljubljana)*, št. 141, 26. 5. 1983, str. 1

Ž. D.
Štafeta simbolizira tudi svobodo domovine
*Tovariš (Ljubljana)*, št. 21, 26. 5. 1983, str. 1

Viktor ŠTRKALJ
Kritika z dejanji
*Komunist (Ljubljana)*, št. 21, 27. 5. 1983, str. 1

Nemec razstavlja v Šivičevi hiši
*Dnevnik (Ljubljana)*, št. 141, 26. 5. 1983, str. 5

Szloven kepzomuveszek kiallitasa
*Magyar szo (Novi Sad)*, 27. 5. 1983

Maruša AVGUŠTIN
Uvodni tekst, Negovan Nemec
Zloženka, Radovljica, Galerija Šivčeva
hiša, 27. 5.-20. 6. 1983

Kulturni koledar
Delo (Ljubljana), št. 121, 27. 5. 1983, str. 6

Negovan Nemec razstavlja v Beogradu
Primorski dnevnik (Trst), št. 123, 28. 5.
1983, str. 3

(t.)
Izložba mladih slovenačkih umjetnika
Dnevnik (Novi Sad), 1. 6. 1983

Maruša AVGUŠTIN
Negovan Nemec razstavlja v Radovljici
Glas (Kranj), št. 42, 3. 6. 1983, str. 5

A. TIŠMA
Panorama raznoradnih paleta
Dnevnik (Novi Sad), 13. 6. 1983

Korisna razmena umetnosti
Glas omladine (Novi Sad), 14. 6. 1983

Jozsef ACS
Tul az avantgardon
Magyar szo (Novi Sad), 15. 6. 1983

Maruša AVGUŠTIN
Negovan Nemec razstavlja v Radovljici
Železar (Jesenice), št. 21, 2. 6. 1983, str. 13

Mladi slovenski likovniki v Novem Sadu
Dnevnik (Ljubljana), št. 171, 25. 6. 1983,
str. 5

Gregor PUCELJ
Proslava ustanovitve IX. korpusa naj bo
vez med borci in mladino
Delo (Ljubljana), št. 149, 29. 6. 1983,
str. 2

Obletnica IX. korpusa
Primorske novice (Koper), št. 53, 54, 1. 7.
1983, str. 2

V Novi Gorici se pripravljajo na proslavo
letošnjih jubilejev
Primorski dnevnik (Trst), št. 167, 19. 7.
1983.

Jani ALIČ
Jubilej "našega korpusa"
Dnevnik (Ljubljana), št. 224, 19. 8. 1983,
str. 7

. . . Negovan Nemec . . .
Rodna Gruda (Ljubljana), št. 8-9, 9. 8.
1983, str. 22

Slavica CRNICA
Praznik novogoriške občine v znamenju
obletnice IX. korpusa
Delo (Ljubljana), št. 202, 1. 9. 1983, str. 2

B. Ž. J. (Bojana ŽOKALJ-JESIH)
Povezan spominski park
TV-15 (Ljubljana), št. 36, 8. 9. 1983, str. 6

Slavica Crnica
Spominski park na Trnovem bo le skrom-
na oddolžitev vsem padlim
Delo (Ljubljana), št. 209, 9. 9. 1983, str 8

Promorska slavi
Primorske novice (Koper), št. 73, 9. 9.
1983, str. 1

Veličastna proslava ob jubileju IX. korpusa
Primorske novice (Koper), št. 74, 13. 9.
1983, str. 1

Odkritje spomenika dr. Ivanu Preglju
Primorski dnevnik (Trst), št. 221, 21. 9.
1983, str. 8

Na Mostu na Soči bodo odkrili spomenik
pisatelju Ivanu Preglju
Primorski dnevnik (Trst), št. 222, 22. 9.
1983, str. 9

Katja ROŠ
Spomenik velikemu sinu Tolminske
Delo (Ljubljana), št. 223, 26. 9. 1983, str. 2

(mv) [Marko WALTRITSCH]
Na odkritju spomenika Ivanu Preglju
izpričana vera v slovensko kulturo
Primorski dnevnik (Trst), št.226, 27. 9.
1983, str. 1 in 8

Vojko CUDER
Odkrili spomenik pisatelju dr. Ivanu
Preglju
Primorske novice (Koper), št. 78, 27. 9.
1983, str. 1 in 5

Tinca STEGOVEC
Opoj nad upodabljanjem
Prosvetni delavec (Ljubljana), št. 14, 10.
10. 1983, str. 5

Ivan SEDEJ
Uvodni tekst, Mladi slovenski slikarji,
kiparji in grafiki
Katalog, Ljubljana, Mestna galerija, 1983

Stane BERNIK, Špelca ČOPIČ
Forma viva 1961-1981, Ljubljana, decem-
ber 1983

**1984**

Negovan Nemec razstavlja v ljubljanski
Mestni galeriji
Primorske novice (Koper), št. 12, 7. 2.
1983, str. 5

M. Z.
Množično praznovanje Prešernovega dne
Delo (Ljubljana), št. 32, 9. 2. 1984, str. 1

Negovan Nemec razstavlja v Ljubljani
Primorski dnevnik (Trst), št. 35, 11. 2.
1984, str. 11

Janez MESESNEL
Sodobnost v različnem
Delo (Ljubljana), št.39, 17. 2. 1984,
str. 10

Franc ZALAR
Barvni prostor in čiste oblike
Dnevnik (Ljubljana), št. 54, 25. 2. 1984,
str. 5

Lev MENAŠE
Likovni zapiski
Naši razgledi (Ljubljana), št. 5, 9. 3. 1984,
str. 140

V[ojko] CUDER
Razstava Olimpiada 84
Primorske novice (Koper), št. 23, 16. 3.
1984, str. 11

Srečanje s kiparjem Negovanom
Nemcem in učenci Tehničnega šolskega
centra Branko Brelih
Šolsko glasilo (Nova Gorica), 26. 4. 1984

Egon KAŠE
Ranjeni kamen joka
Antena (Ljubljana), št. 19, 10. 5. 1984,
str. 6-8

P[eter] GRUM
Spomenik v Rožni dolini
Primorske novice (Koper), št. 42, 25. 5.
1984, str. 11

(j. k.) [Jože KOREN]
Akcija za postavitev spomenika na kraju
junaškega prehoda Soče
Primorski dnevnik (Trst), št. 166, 13. 7.
1984, str. 7

Mediteranski kiparski simpozij u Labinu
Glas Istre (Pula), št. 173, 28.-29. 7. 1984,
str. 10

E. B.
Rad u Istarskom kamenu
Novi list (Rijeka), št. 174, 30. 7. 1984,
str. 7

Proslava ob 40-letnici pohoda 30. divizije
v Brda in Beneško Slovenijo
TV-15 (Ljubljana), št. 31. 16. 8. 1984,
str. 12

E. B.
Upoznajem istarski kamen
Glas Istre (Pula), št. 190, 17. 8. 1984,
str. 6

Mostra a Sistiana di piccole sculture
Il Piccolo (Trst), št. 192, 18. 8. 1984

Istrski kamen oživlja pod kiparjevimi dleti
Primorske novice (Koper), št. 76, 21. 9.
1984, str. 5

Spomenik dr. Engelbertu Besednjaku
Primorske novice (Koper), št. 76, 21. 9.
1984, str.16

(jal) [Jani ALIČ]
Doprsni kip Engelbertu Besednjaku
Dnevnik (Ljubljana), št. 262, 24. 9. 1984,
str. 2

(S. C.) [Slavica CRNICA]
Spomenik borcu za pravice manjšin v Novi
Gorici
Delo (Ljubljana), št. 224, 25. 9. 1984, str. 7

Mediteranski simpozij
Primorski dnevnik (Trst), št. 231, 28. 9.
1984, str. 7

(mw) [Marko WALTRITSCH]
Na aleji velikih mož v Novi Gorici tudi
doprsni kip Engelberta Besednjaka
Primorski dnevnik (Trst), št. 228, 25. 9.
1984, str. 8

Spomenik 30. diviziji
Primorske novice (Koper), št. 78, 28. 9. 1984,
str. 6

(ja) [Janez ALIČ]
Obletnica pohoda v Benečijo
Dnevnik (Ljubljana), št. 290, 22. 10. 1984,
str. 2

(pg) [Peter GRUM]
Spomenik pohodu XXX. Divizije v Benečijo
Primorske novice (Koper), št. 85, 23. 10.
1984, str.1

Ivan SEDEJ
Uvodni tekst, Negovan Nemec
Zloženka, Ljubljana, Labirint, 27. 11. 1984

Janez MESESNEL
Konsolidacija kiparskih dosežkov
Delo (Ljubljana), št. 281, 27. 11. 1984, str. 6

Franc ZALAR
V kamnu zaustavljene plastične misli
Dnevnik (Ljubljana), št. 340, 14. 12. 1984,
str. 5

M. V. [Marko VUK]
Nemec Negovan
Primorski slovenski biografski leksikon, 10.
snopič (Gorica) 1984, str. 503-504

Lev MENAŠE
Jasno razvidne prelomnice
Naši razgledi, št. 23, 14. 12. 1984, str. 683-84

**1985**

Ivan SEDEJ
Uvodni tekst, Društvo likovnih umetnikov
Severne Primorske
Katalog, Nova Gorica, DLUSP, januar 1985

Srečanje s kiparjem
Ti mi vsi (Nova Gorica), št. 1, 8. 2. 1985, str. 9

V prihodnje tisočletje prenesemo pesem
Srečka Kosovela
Primorski dnevnik (Trst), št. 34, 12. 2. 1985,
str 8

V ateljeju kiparja Negovana Nemca
Ti mi vsi (Nova Gorica), št. 2, 23. 3. 1985,
str. 15 in 16

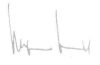

(m. d.)
Diverzantom spomenik v Novi Gorici
*Primorski dnevnik (Trst), št. 60, 24. 3.
1985, str. 9*

(ma)
Slovenska umetnost na temo NOB
*Dnevnik (Ljubljana), št. 112, 24. 4. 1985,
str. 5*

Ladislav LESAR
Zublji strasti
*Nedeljski dnevnik (Ljubljana), št. 251, 15.
9. 1985, str. 17*

Spomenik Marku Redelongiju
*Primorske novice (Koper), št. 81, 8. 10.
1985, str. 10*

K[atja] R[OŠ]
V Starem selu bo v nedeljo slovesno
*Delo (Ljubljana), št. 237, 11. 10. 1985,
str. 6*

(jal) [Jani ALIČ]
Doprsni kip Redelonghiju
*Dnevnik (Ljubljana), št. 280, 14. 10. 1985,
str.2*

Katja ROŠ
Pomnik heroju Marku Redelonghiju
*Delo (Ljubljana), št. 242, 17. 10. 1985,
str. 6*

Lojze KRISTANČIČ - Minko
Razstava Umetnost na temo NOB v
kromberškem gradu
*TV-15 (Ljubljana), št. 42, 24. 10. 1985,
str. 11 in 12*

dr. Nace ŠUMI
Uvodni tekst, Goriški muzej
*Katalog, Iztok Miren, december 1985*

S(lavica) C(RNICA)
Spalnica kot umetnina
*Delo (Ljubljana), št. 272, 22. 11. 1985,
str. 20*

Jani ALIČ
Spalnica za petičneže
*Dnevnik (Ljubljana), 22. 11. 1985*

Peter GRUM
Prebujanje
*Primorske novice (Koper), št. 94/95, 27.
11. 1985, str. 4*

Nove rezerve
*Delo (Ljubljana), št. 281, 4. 12. 1985, str. 6*

Š. BRATINA
Postojna - Spomenik Karlu Levičniku
*TV-15 (Ljubljana), št. 48, 5. 12. 1985, str. 6*

## 1986

Človečenje sveta in nič drugega
*Primorske novice (Koper), št. 11, 7. 2.
1986, str. 8*

Andrej ULAGA
Veleskok mirenskih mizarjev
*Delavska enotnost (Ljubljana), št. 8, 28. 2.
1986, str. 11*

Nace ŠUMI, Milko RENER
Uvodna teksta, Živi kamen Negovana
Nemca, Predstavitev
*Katalog, Gorica (Gorizia), Razstavna dvo-
rana v Avditoriju, 15. 4.-10. 5. 1986*

(m. d.) [Marijan DROBEŽ]
V Gorici razstava Negovana Nemca
*Primorski dnevnik (Trst), št. 85, 11. 4.
1986, str. 8*

Negovan Nemec razstavlja v Gorici
*Primorske novice (Koper), št. 30, 15. 4.
1986, str. 5*

V goriškem Avditoriju razstava del
Negovana Nemca
*Primorski dnevnik (Trst), št. 90, 17. 4.
1986, str. 8*

(jal) [Jani ALIČ]
Negovan Nemec razstavlja v Gorici
*Dnevnik (Ljubljana), št. 103, 17. 4. 1986,
str 10*

Fulvio MONAI
Stimoli della natura nelle sculture di
Nemec
*Il Piccolo (Trst), št 94, 22. 4. 1986, str. 5*

Milko RENER
Poetična belina kamna
*Primorski dnevnik (Trst), št. 95, 23. 4.
1986, str. 9*

B. H. A.
Otvoritrv razstave Hasavanah v Amanu
Delo jugoslovanskega umetnika Nemca
darilo Hasavane Amanu
*AŠ Šaab (Aman), 5. 4. 1986*

Janez MESESNEL
Življenje in rast kamna. . .
*Delo (Ljubljana), št. 103, 5. 5. 1986, str. 3*

Petkov teden - razstave
*Delo (Ljubljana), št. 125, 30. 5. 1986,
str. 16*

Navdih življenja - likovno delo meseca
*Dnevnik (Ljubljana), št. 151, 6. 6. 1986,
str. 7*

bg [Barbara GRUDEN]
Negovan Nemec v TK Galeriji
*Primorski dnevnik (Trst), št. 132, 6. 6.
1986, str. 5*

Negovan Nemec v TK Galeriji
*Primorski dnevnik (Trst), št. 132, 6. 6.
1986, str. 5*

Nemčev Navdih življenja je likovno delo
meseca junija
*Delo (Ljubljana), št. 134, 10. 6. 1986, str. 6*

Razstave
*Delo (Ljubljana), št. 136, 12. 6. 1986, str.
15*

Nemčev kip delo meseca
*Primorski dnevnik (Trst), št. 138, 13. 6.
1986, str. 9*

Razstava Nemčevih del
*Dnevnik (Ljubljana), št. 157, 12. 6. 1986,
str. 11*

Nace ŠUMI
Nemčeva kiparska dela - eno samo doga-
janje
*Primorske novice (Koper), št. 47, 13. 6.
1986, str. 5*

(pg) [Peter GRUM]
V nedeljo odkritje spomenika v
Kromberku
*Primorske novice (Koper), št. 48, 17. 6.
1986, str. 24*

Aleksander BASSIN
Uvodni tekst, Negovan Nemec
*Zloženka, Trst, Galerija TK, junij 1986*

Aleksander BASSIN
O razstavi Negovana Nemca v TK Galeriji
*Primorski dnevnik (Trst), št. 142, 18. 6.
1986, str. 9*

Tatjana PREGL
Erotski navdih v kamnu
*Teleks (Ljubljana), št. 25, 19. 6. 1986,
str. 23*

Milko BAMBIČ
Kipi Negovana Nemca v galeriji TK
*Gospodarstvo (Trst), št. 1589, 20. 6.
1986, str. 11*

Nace ŠUMI
Uvodni tekst, Likovno delo meseca
*Zloženka, Ljubljana, Cankarjev dom, junij
1986*

Jadranka BOGATAJ
Uvodni tekst, Mala plastika
*Zloženka, Ljubljana, Galerija Lesonita, 25.
6.-30. 7. 1986*

V Selah bodo odkrili spomenik
*Primorske novice (Koper), št. 54, 11. 7.
1986, str. 20*

(sk)
Praznik krajevne skupnosti Sela na Krasu
*Primorske novice (Koper), št. 54, 11. 7.
1986, str. 8 in 13*

Aleksander BASSIN
Širina likovnega medija
*Naši razgledi (Ljubljana), št. 14, 15. 7.
1986, str. 414*

Franc ZALAR
Erotizem kamna
*Dnevnik (Ljubljana), št. 182, 18. 7. 1986,
str. 7*

Poveljnikom 1. primorskega partizanskega
bataljona Simon Gregorčič bodo odkrili
doprsne kipe. Preživeli borci pripravljajo
monografijo o tem legendarnem bataljonu.
*Primorske novice (Koper), št. 67, 29. 8. 1986,
str. 24*

Danes začetek slovesnosti ob prazniku v
Novi Gorici
*Primorski dnevnik (Trst), št. 209, 5. 9. 1986,
str. 8*

(jal) [Jani ALIČ]
Oddolžitev narodnim herojem
*Dnevnik (Ljubljana), št. 241, 6. 9. 1986, str. 5*

Ljiljana MATEJIĆ-VUČKOVIĆ
Šok za oči i za džep
*Nada (Zagreb), št. 282, 29. 11. 1986, str. 17*

## 1987

Nace ŠUMI, Licio DAMIANI
Uvodna teksta
*Katalog, Špeter (S. Pietro al Natisone),
Beneška galerija, 13. 2.-28. 2. 1987*

Špeter Slovenov - čedalje pomembnejše
kulturno središče Beneške Slovenije
*Primorski dnevnik (Trst), št. 39, 15. 2. 1987,
str. 1*

Kultura bogati dušo an sarce misli an ideje
vsakega naroda
*Novi Matajur (Čedad), št. 7, 19. 2. 1987,
str. 1*

La villa di Brandis apre al pubblica: da saba-
to scultura lignea e pittura
*Messagero Veneto (Udine), št. 119, 21. 5.
1987, str. 11*

E. Co.
Su per i nostri colli orientali
*Udine economica, št. 6/87, str. 119-122*

Umrl kipar Negovan Nemec
*Delo (Ljubljana), št. 198, 27. 8. 1987, str. 1*

S. P.
Umrl je kipar Negovan Nemec
*Delo (Ljubljana), št. 199, 28. 8. 1987, str. 2*

Marko VUK
Umrl je kipar Negovan Nemec
*Primorski dnevnik (Trst), št. 202, 28. 8.
1987, str. 8*

Umrl je  Negovan Nemec
*Primorske novice (Koper), št. 67, 28. 8. 1987,
str. 5*

Franc ZALAR
Kipar Negovan Nemec (1947-1987)
*Dnevnik (Ljubljana), št. 233, 28. 8. 1987,
str. 12*

Čiste oblike prepojene z globokim čuten-
jem in pronicljivim iskanjem
*Primorski dnevnik (Trst), št. 204, 30. 8.
1987, str. 13*

Janez MESESNEL
Negovan Nemec
*Delo (Ljubljana), št. 201, 31. 8. 1987, s
tr. 2*

Vojko CUDER
In memoriam Negovanu Nemcu
*Primorske novice (Koper), št. 68, 1. 9.
1987, str. 5*

Vanda EKL
V spomin kiparju Negovanu Nemcu
*Novi list (Rijeka), št. 204, 2. 9. 1987, str. 8*

Prezgodnja smrt kiparja Negovana
Nemca
*Novi list (Trst), št. 1610, 3. 9. 1987, str. 5*

Zahvala skladatelju Radu Simonitiju s
spomenikom sredi njegove Primorske
*Primorski dnevnik (Trst), št. 217, 15. 9.
1987, str. 8*

Tatjana PREGL
Kiparstvo slovenskega ustvarjalca
Negovana Nemca
*Likovne besede (Ljubljana), št. 4, 5. dec.
1987, str. 47-51*

Verena PERKO
Primorskemu umetniku Negovanu
Nemcu v slovo (Pesem)
*Mladika (Trst), št. 9, november 1987,
str 134*

Nace ŠUMI, Slavko PREGL, Zoran
KRŽIŠNIK, Tatjana PREGL, Ivan SEDEJ. .
(Izbor spominskih zapisov)
Negovan Nemec, kipar
*Primorska srečanja (Nova Gorica), št. 78,
dec. 1987, str. 550-559*

A. Bin [Aleksander BASSIN]
Nemec, Negovan
*Likovna enciklopedija Jugoslavije, 2, K-Ren,
Zagreb, 1987, str.451*

D. PARDO
Kulturni dogodek
*Kraški zidar (Sežana), št. 63, dec. 1987,
str. 14*

Janez MESESNEL
Ljubljanska likovna kronika
*Sinteza (Ljubljana), št. 75, 76, 77, 78,
1987, str. 184*

**1988**

Franc ZALAR
Uvodni tekst, Intart
*Katalog, Ljubljana, DSLU, 1988*

Slovenski surrealizem v Vidmu
*Dnevnik (Ljubljana), št. 253, 16. 9. 1988,
str. 12*

Branko SOSIČ
Razstava slovenskih likovnikov v Vidmu

Delo (Ljubljana), št. 218, 19. 9. 1988,
*str. 1*

(dk)
Univerzalnost sosedske kulture
*Dnevnik (Ljubljana), št. 256, 19. 9. 1988,
str. 3*

Branko SOSIČ
Slovenski nadrealizem je trdno vpet v
domače okolje
*Delo (Ljubljana), št. 219, 20. 9. 1988, s
tr. 6*

Iztok PREMROV
Slovenski nadrealisti na Intartu v Vidmu
*Primorski dnevnik (Trst), št. 210, 23, 9.
1988, str. 11*

Nives MARVIN
Dela Negovana Nemca na Intartu 1988 v
Vidmu
*Primorske novice (Koper), št. 74, 27. 8.
1988, str. 5*

Slovenski nadrealizem v Celovcu
*Delo (Ljubljana), št. 241, 15. 10. 1988,
str. 3*

Deseterica s severne Primorske
*Dnevnik (Ljubljana), št. 233, 16. 10. 1988,
str. 6*

Razstava del Negovana Nemca v Galeriji
Bažato
*Primorske novice (Koper), št. 84, 4. 11.
1988, str. 7*

(dk)
Intart v Ljubljani
*Dnevnik (Ljubljana), št. 307, 10. 11. 1988,
str. 1*

B. S.
INTART v znamenju slovenskih nadrealis-
tov
*Delo (Ljubljana), št 262, 10. 11. 1988,
str. 1*

(bb) [Bogdan BOŽIČ]
Skulpture, risbe, grafike N. Nemca
*Primorske novice (Koper), št. 86, 11. 11.
1988, str. 7*

Ivan SEDEJ
Slovenski surrealizem ob razstavi Intart
*Likovne besede (Ljubljana), št. 8, 9. decem-
ber 1988, str. 127- 131*

**1989**

Srečanje v kiparski delavnici Negovana
Nemca
*Delo (Ljubljana), št. 39, 17. 2. 1989, str. 6*

(Tag) [Tatjana GREGORIČ]
Stalna postavitev del kiparja Negovana
Nemca
*Primorski dnevnik (Trst), št. 40, 17. 2.*

*1989, str.9*

Spomin na Negovana Nemca
*Delo (Ljubljana), 18. 2. 1989,
str. 13*

(as) [Aleksandra SAKSIDA]
Dragocena zbirka
*Primorske novice (Koper), št. 15, 24. 2. 1989,
str. 7*

Lojze KANTE
Galerija Negovana Nemca je pomembno
kulturno dejanje
*Delo (Ljubljana), št. 62, 16. 3. 1989,
str. 6*

**1990**

Erotika v slovenskem kiparstvu
*Delo (Ljubljana), št. 119, 24. 5. 1990,
str. 6*

Erotika v slovenski umetnosti - kiparstvu
*Primorski dnevnik (Trst), št. 119, 24. 5.
1990, str. 8*

Tatjana PREGL KOBE
Erotika v slovenskem kiparstvu
*Naši razgledi (Ljubljana), št. 10, 25. 5. 1990,
str. 296-297*

Aleksandra SAKSIDA
Erotika v kiparstvu
*Primorske novice (Koper), št. 44, 5. 6. 1990,
str. 14*

Tatjana PREGL KOBE
Erotika na temelju sanj in asociacije
*Primorski dnevnik (Trst), št. 130, 6. 6. 1990,
str. 9*

Branko SOSIČ
Plastično občutje vznemirljivih tem
*Delo (Ljubljana), št. 136, 11. 6. 1990,
str. 11*

**1991**

Nace ŠUM in Nelida Silič-NEMEC
Negovan Nemec
Uvodno besedilo: Negovan Nemec,
Nace Šumi
Živeti z njim, Nelida Silič-Nemec
Strokovna sodelovka Jadranka Bogataj,
fotografije Egon Kaše, Milan Pajk,
Bogo Rusjan,
oblikovanje Miljenko Licul (studio Znak)
Izdali Znanstveni inštitut Filozofske fakultete
v Ljubljani Galerija Nemec in
Goriški muzej Nova Gorica
Ljubljana, Nova Gorica 1991

Monografija o Negovanu Nemcu
*Primorski dnevnik (Trst), 21. 4. 1991*

(jal) [Janez ALIČ]
Monografija o Negovanu Nemcu
*Dnevnik (Ljubljana), 22. 4. 1991*

(B.S.)
Dela Negovana Nemca v galeriji
Slovenijales
*Delo (Ljubljana), 26. 4. 1991*

(md)
Živi kamni Negovana Nemca
*Dnevnik (Ljubljana), 9. 5. 1991*

Tatjana PREGL KOBE
Mehkoba, ujeta v belo trdoto marmorja.
Ob razstavi Negovana Nemca v galeriji
Slovenijales v ljubljani
*Naši razgledi (Ljubljana), 10. 5. 1991*

(ce)
Kipar - slikar in modrec
*Družina (Ljubljana), 12. 5. 1991*

Aleksandra SAKSIDA
Kamen kot ljubezen in preklestvo
*Primorske novice (Koper), 4. 6. 1991*

Olga KNEZ STOJKOVIČ
Monografija Negovana Nemca v velik
ponos vsem Prinorcem
*Primorski dnevnik (Trst), 5. 8. 1991*

Nace ŠUMI
Uvodni tekst, Mojster živih kamnov
*Zloženka, Ljubljana, Galerija Ilirija-Vedrog, 8.
10. do 29. 10. 1992*

Šest umetnikov iz slovenskega Primorja v
Veroni
*Republika (Ljubljana), 8. 12. 1993*

Šest primorskih likovnikov v Veroni
*Delo (Ljubljana), 11. 12. 1993*

Predstavitev primorskih umetnikov v Veroni
*Delo (Ljubljana), 13. 12. 1993*

Neda R. BRIC
Negovan Nemec, Deset let pozneje
Scenarij za spominsko prireditev ob
desetletnici smrti

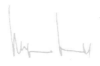

AVTOPORTRET,
*1968, kamen, 55x25x20*
last: družina Nemec, Bilje

AVTOPORTRET,
*1968, mavec, 45x30x35*
last: družina Nemec, Bilje

ŠČIT II,
*1969, mavec, 25x70*
last: družina Nemec, Bilje

ŠČIT IV,
*1969, beton-železo, 32x100*
last: družina Nemec, Bilje

ŠČIT VIII,
*1970, mavec, 32x100*
last: družina Nemec, Bilje

JEDRO III;
*1970, les, 110x50x50*
last: družina Nemec, Bilje

JEDRO IV,
*1972, les, 63x60x60*
last: družina Nemec, Bilje

JEDRO V,
*1972, les, 55x30x30*
last: družina Nanut, Nova Gorica

JEDRO VI,
*1972, les, 50x80x80*
last: Jožko Silič, Bilje

JEDRO IX,
*1972, les, 120x100x80*
last: družina Nemec, Bilje

JEDRO X,
*1972, les, 185x40x40*
last: družina Nemec, Bilje

JEDRO XII,
*1973, les, 30x20x15,*
last: Katarina Vuga, Nova Gorica

JEDRO X-3,
*1975, les-varjeno železo, 90x120x50*
last: Goriški muzej, Nova Gorica

DESTRUKCIJA V,
*1977, mavec, 70x70x40*
last: družina Nemec, Bilje

DESTRUKCIJA X,
*1977, železo, 35x35x50*
last: družina Nemec, Bilje

DESTRUKCIJA XI,
*1977, železo, 50x30x40*
last: Zdenka Novak, Murska Sobota

MAKETA SPOMENIKA PRIMORSKIM
GRADBINCEM,
*1977, mavec, 30x62x50*
last: družina Nemec, Bilje

MAKETA SPOMENIKA NOB ŠTANDREŽ,
*1978, mavec, 30x85x63,*
last: družina Nemec, Bilje

DESTRUKCIJA VI,
*1978, železo, 65x40x35*
last: družina Nemec, Bilje

DESTRUKCIJA VII,
*1978, železo, 25x40x35*
last: družina Nemec, Bilje

DESTRUKCIJA VIII,
*1978, železo-les, 60x40x150*
last: družina Nemec, Bilje

BREZ IZHODA I,
*1978, les-mavec, 50x100x30*
last: družina Nemec, Bilje

BREZ IZHODA II,
*1978, les-mavec,60x60x30*
last: Goriški muzej, Nova Gorica

BREZ IZHODA III
(ostanek uničenega kipa),
*1978, mavec, 50x80x80*
last: družina Nemec, Bilje

BREZ IZHODA IV,
*1978, les-mavec, 80x135x25*
last: družina Nemec, Bilje

RUŠENJE I,
*1978, les-mavec, 190x120x60*
last: družina Nemec, Bilje

RUŠENJE II,
*1978, les, 110x80x80*
last: družina Nemec, Bilje

RUŠENJE III,
*1978, les, 118x138x45*
last: družina Nemec, Bilje

RUŠENJE IV,
*1978, les-mavec, 123x110x50*
last: družina Nemec, Bilje

RUŠENJE V,
*1978, les-mavec, 56x83x64*
last: družina Nemec, Bilje

HORIZONTALNA KOMPOZICIJA,
*1978, les-mavec, 61x75x14*
last: družina Nemec, Bilje

VERTIKALNA KOMPOZICIJA,
*1978, les, mavec, 100x80x25*
last: Zdenka Kovačič, Ljubljana

ODPIRANJE,
*1978, les-mavec, 60x60x60*
last: družina Nemec, Bilje

PREBOJ A,
*1978, mavec, 35x80x15*
last: družina Nemec, Bilje

PREBOJ B,
*1978, mavec, 105x25x8*
last: družina Nemec, Bilje

PREBOJ C,
*1978, mavec, 70x30x10*
last: družina Nemec, Bilje

PREBOJ IV,
*1979, varjeno železo, 50x50x130*
last: Uprava za notranje zadeve Nova
Gorica

PREBOJ VI,
*1979, bron, 46x19x23*
last: Klturni dom Nova Gorica

PREBOJ VII,
*1979, bron, 46x19x23*
last: družina Nemec, Bilje

PREBOJ X,
*1980, marmor, 33x83x14*
last: Danilo Bašin, Nova Gorica

PREBOJ XIV,
*1980, carr.marmor, 27x56,5x25*
last: Pilonova galerija Ajdovščina

PREBOJ XIX,
*1980, les, 166x34x26*
last: družina Nemec, Bilje

BRSTJE,
*1980, mavec, 28x63x9*
last: družina Nemec, Bilje

BRSTJE I,
*1980, carr.marmor 12x8x15*
last: Egon Kaše, Ljubljana

MAKETA VELIKE FONTANE,
*1981, mavec, 27x60x60*
last: družina Nemec, Bilje

PLOD 5,
*1981, carr.marmor, 20x10x6*
last: Vidojka Harej, Nova Gorica

MAKETA SPOMENIKA LABINSKEMU
RUDARJU,
*1981, mavec, 55x83x117*
last: družina Nemec, Bilje

GORIŠKA VRTNICA,
*1981, carr. marmor, 20x5x20*
last: PDG Nova Gorica

PLASTENJE II,
*1981, carr. marmor, 40x30x30*
last: Robert Černe, Ljubljana

PLASTENJE III,
*1981, carr. marmor, 20x15x7*
last: Miloš Krapež, Dragomir, Brezovica
pri Ljubljani

PREBOJ XXIII,
*1981, carr. marmor, 30x13x2*
last: Klavdij Koloini, Vipavski križ

POPEK,
*1981, carr. marmor, 27x60x21*
last: Miloš in Nataša Nemec, Bilje

POPEK B,
*1981, carr. marmor, 30x20x20*
last: Živa Emeršič Mali, Ljubljana,

HREPENENJE,
*1981, carr. marmor, 62x33x25*
last: družina Nemec, Bilje

RITMIČNI SPEV,
*1981, marmor, 60x15x15*
last: Alenka Saksida, Solkan

KIPENJE II,
*1981, carr. marmor, 30x63x23*
last: družina Nemec, Bilje

ZORENJE III,
*1981, carr. marmor, 77x23x15*
last: Janez Mesesnel, Ljubljana

ZORENJE V,
*1981, carr. marmor, 35x43x23*
last: Branko Jerkič, Ljubljana

UPANJE I,
*1981, carr. marmor, 8x20x13*
last: Boleslav Simoniti, Nova Gorica,

UPANJE II,
*1981, carr. marmor, 22x20x10*
last: Magda Silič, Bilje

BRSTJE VI,
*1982, carr. marmor, 28x48x6*
last: Jože Elersič, Šempeter pri Gorici

OPOJNA SREČA,
*1982, carr. marmor, 17x21x12*
last: Ana Marija Jug, Nova Gorica

OPOJNA SREČA I,
*1982, carr. marmor, 12x31x22*
last: Marko Mladovan, Rožna Dolina

OPOJNA SREČA II,
*1982, carr. marmor, 12x44x16,*
Živa Beltram, Ljubljana

OPOJNA SREČA III,
*1982, marmor, 12x32x10*
last. Neda Bric, Nova Gorica

OPOJNA SREČA IV,
*1982, marmor, 23x22x9,*
last: Tone Kuštrin, Nova Gorica

ORGANSKA FORMA B,
*1982, carr. marmor ,43x66x24*
last: Tatjana in France Popit, Ljubljana

ORGANSKA FORMA V,
*1982, carr. marmor, 48x111x50*
last: družina Nemec, Bilje

ORGANSKA FORMA VI,
*1982, carr, marmor, 33x134x32*
last: družina Nemec, Bilje

NOVO ROJSTVO III,
*1982, marmor, 60x13x12*
last: Miloš Krapež, Dragomer, Brezovica
pri Ljubljani

NOVO ROJSTVO IV,
*1982, marmor, 59x14x9*
last: Ivan Komel, Bilje

POGANJEK A,
*1982, marmor, 17x18x5*
last: Matjaž Nemec

POGANJEK AB,
*1982, marmor, 30x29x9*
last: Primož Nemec

POGANJEK IV,
*1982, marmor 28x29x7*
last: Marjana in Andrej Brvar, Ljubljana

POGANJEK VI,
*1982, marmor, 29x28x8*
last: ADRIA AIRWAYS, Ljubljana

ZORENJE VI,
*1982, bron, 10x26x8*
last: družina Nemec, Bilje

HREPENENJE X,
*1982, carr. marmor, 30x55x25*
last: Jože Šušmelj, Nova Gorica

HREPENENJE XI,
*1982, carr. marmor, 30x50x20*
last: družina Nemec, Bilje

PLOD I,
*1982, carr. marmor, 49x 31x 19*
last: Franc Zalar, Ljubljana

PLOD II,
*1982, marmor, 15x25x10*
last: Branko Jerkič, Ljubljana

PLOD III,
*1982, carr. marmor, 30x98x12*
last: družina Nemec, Bilje

POPEK I,
*1982, carr. marmor, 8,5x20x8*
last: Meri Krapež, Dragomer, Brezovica
pri Ljubljani

UPANJE,
*1982, carr, marmor, 35x 35x 15*
last: Miloš Krapež, Dragomer, Brezovica
pri Ljubljani

UPANJE III,
*1982, carr. marmor, 26x40x20*
lasr: Janez Vrečko, Ljubljana

POŽELENJE IV,
*marmor, 11x29x10*
last: dr. Anton Prijatelj, Nova Gorica

POŽELENJE V,
*1982, marmor, 20x62x20,*
last: Sanja Pregl, Ljubljana

PREBUJANJE AB,
*1982, carr. marmor, 103x 26x19*
last: ADRIA AIRWAYS Ljubljana

KIPENJE IV,
*1982, carr. marmor, 55x15x15*
last: družina Eržen, Nova Gorica

POŽELENJE II,
*1982, marmor, 13x42x17*
last: Miloš Krapež, Dragomer, Brezovica
pri Ljubljani

SLOVO,
*1982, carr. marmor, 100x90x45*
last: Tatjana Pregl-Kobe, Ljubljana

NOVO ROJSTVO,
*1982, carr. marmor, 9x65x17*
last: družina Nemec, Bilje

ZAGON,
*1983, marmor, 34x122x24*
last: družina Nemec, Bilje

MLADOSTNI ZAGON,
*1983, marmor, 24x153x12*
last: Tatjana Pregl, Ljubljana

ZVEZNA ŠTAFETNA PALICA,
*1983, mavec, 50x10x10*
last: družina Nemec, Bilje

ZVEZNA ŠTAFETNA PALICA(poskusni
odlitek),
*1983, bron, 50x10x10*
last: družina Nemec, Bilje

ŠTAFETNA PALICA,
*1983, mavec, 45x18x14*
last: družina Nemec, Bilje

MLADOSTNI ZAGON I,
*1984, marmor, 28x73x24*
last: Joža Ferjančič, Nova Gorica

FIGURA III,
*1984, marmor, 16x34x17*
last: Nace Šumi, Ljubljana

HORIZONTALNI IZPEV,
*1984, marmor, 16,5x69x34*
last: Kamilo Komel, Solkan

PREBUJANJE I,
*1984, marmor, 18x41x19*
last: družina Nemec, Bilje

PREBUJANJE IV,
*1984, marmor, 25x122x45*
last: družina Nemec, Bilje

IGRA ODBOJEV,
*1984, marmor, 41x112,5x7*
last: Stojan De Lucca, Tenis klub 66,
Bukovica

ZAGON,
*1984, marmor, 70x125x20*
last: Zavarovalnica Triglav, Nova Gorica

ZAGON II,
*1984, marmor, 28x46x33*
last: družina Nemec, Bilje

ZAGON VI,
*1984, marmor, 29x63x41*
last: družina Nemec, Bilje

RITMIČNI SPEV VII,
*1984, marmor, 10x40x19*
last: Vasja Kruh, Nova Gorica

ISKANJE IZGUBLJENEGA VIII,
*1984, marmor, 18x46x12*
last: Zofka Nanut, Solkan

SKRIVNI VZPON,
*1984, marmor, 12x45x18*
last: Humbert Caharija, Nova Gorica

MAKETA SPOMENIKA XXX. DIVIZIJI,
*1984, mavec, 34x71x53*
last: družina Nemec, Bilje

MAKETA SPOMENIKA
(Šempeter pri Gorici),
*1985, mavec, 12x78x48*
last: družina Nemec, Bilje

MAKETA SPOMENIKA DIVERZANTOM,
*1985, mavec, 30x35x15*
last: družina Nemec, Bilje

MAKETA SPOMENIKA (Kromberk),
*1985, mavec, 11x67x58*
last: družina Nemec, Bilje

MLADOSTNA ZVEDAVOST I,
*1985, carr marmor, 16x25x21*
last: družina Nemec, Bilje

MLADOSTNA ZVEDAVOST II,
*1985, carr. marmor, 35x45x17*
last: družina Nemec, Bilje

MLADOSTNA ZVEDAVOST VII,
*1985, marmor, 19x22x10*
last: Brane Grubar, Ljubljana

NEIZPETA MLADOST,
*1985, carr. marmor, 40x25x25*
last: Nace Šumi, Ljubljana

RITMIČNI SPEV,
*1985, marmor, 21x23x5*
last: Milan Vižintin, Šempeter

NAVDIH ŽIVLJENJA,
*1985, marmor, 90x120x95*
last: družina Nemec

NAVDIH ŽIVLJENJA I,
*1986, carr. marmor, 90x140x35*
last: družina Nemec, Bilje

VERTIKALNI SPEV XI,
*1986, marmor, 52x17x11*
last: Janez Petrovčič, Nova Gorica

HORIZONTALNA ZVEDAVOST I,
*1986, marmor, 26x11x7*
last: družina Nemec, Bilje

MLADOSTNA ZVEDAVOST VI,
*1986, marmor, 7x12x9*
last: Nace Šumi, Ljubljana

RITMIČNI SPEV XI,
*1986, marmor, 14,5x23x15*
last: Tone Poljšak, Ljubljana

HARMONIJA ŽIVLJENJA I,
*1986, bron, 45x20x30*
last: družina Nemec, Bilje

ZAMORFNA OBLIKA II,
*1982, carr. marmor, 20x20x20*
last: Zora Gomilšček, Nova Gorica

K I P A R
# NEGOVAN NEMEC
POEZIJA V KAMNU
DESET LET POZNEJE

---

**R E T R O S P E K T I V A**
**1 9 4 7 - 1 9 8 7**

**GORIŠKI MUZEJ  NOVA GORICA**
**12. 9. 1997 - 16. 11. 1997**

Katalog izdal:
Goriški muzej Nova Gorica
Grajska cesta 1
Kromberk
Tel.: ++386 065 131 140

Zanj
mag. SLAVICA PLAHUTA

Avtorji razstave:
prof. dr. Nace Šumi
Jadranka Šumi
Nelida Nemec
Rene Rusjan
Boštjan Potokar

Oblikovanje razstave:
Rene Rusjan
Boštjan Potokar

Organizacija razstave:
Matjaž Brecelj

Besedilo:
prof dr. Nace Šumi

Restavriranje:
Anica Sirk Fakuč
Jana Šubic Prislan
Davorin Pogačnik

Prevod:
Amidas d.o.o., Ljubljana
Jožko Vetrih

Diapozitivi:
Bogo Rusjan

Življenjepis, dokumentacija in
seznam:
Nelida Nemec

Video:
Matjaž Žbontar
(TV Slovenija)

Fotografije:
Egon Kaše
Milan Pajk
Bogo Rusjan

Zvočni efekt:
Zoran Simič

Osvetlitev in avdio-video oprema:
Fluks & decibel d.o.o.

Oblikovanje kataloga, plakata,
vabila in celostna podoba prireditve
Rene Rusjan

Tisk:
Grafika Soča Nova Gorica

Izid kataloga so omogočili:
Goriški muzej
Znanstveni inštitut Filozofske fakultete
Občina Miren-Kostanjevica
Mestna občina Nova Gorica

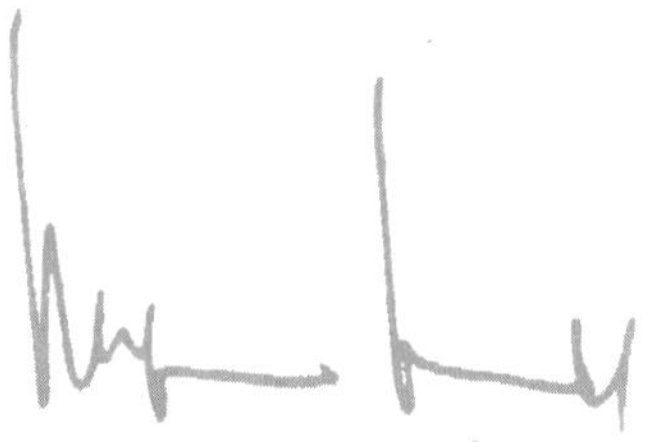